王蒙散文精读

王蒙 著

浙江人民出版社

王蒙

1 | 3
2 | 4

❶ 与新疆友人

❷ 跳新疆舞

❸ 演讲

❹ 《这边风景》获得第九届茅盾文学奖

第九届茅盾文学奖
颁奖
礼
中国
2015.

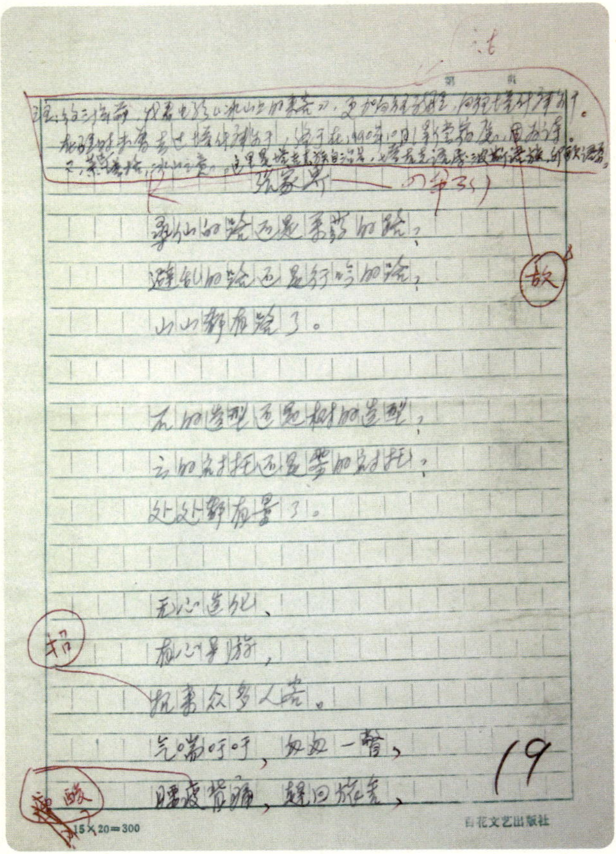

王蒙手稿

目录

人物

抒情

散文精读·王蒙 >>

雨

我喜欢雨，从小。

我不知道我为什么喜欢雨。因为它迷蒙而含蓄，因为它充满生机，因为它总是快快活活，因为只有它才连接着无边的天和无边的地！

“细雨鱼儿出，微风燕子斜”“随风潜入夜，润物细无声”，春天的小雨便是大自然的温柔与谦逊，大自然的慷慨与恩宠，却也是大自然的顽皮。它存在着，它抚摸着，它滋润着，却不留下痕迹。用眼睛是很难找到它的，要用手心，用脸颊，用你的等待着春的滋润的心。

也有“凄风苦雨”“秋风秋雨愁煞人”“梧桐更兼细雨，到黄昏，点点滴滴”。其实那倒不一定是“一场秋雨一场寒”的秋天。即使这样的天气也给繁忙的人们带来休息，带来希望，带来遐思。

正因为有雨中的忧伤的甜蜜，人们才伸出双臂歌唱雨后初阳的万道金光。于是有了那波里的名歌《我的太阳》。

而暴雨和雷雨又是多么欢势，它们驱走暑热，它们解除干渴，它们弥合龟裂，它们叮叮咚咚地敲响沉闷的大地，它们咋咋呼呼地嬉闹着对人们说：“别怕，我们折腾一会儿就走。”

小时候，我最喜欢北京城夏日的大雨。雨中，积水上冒出一个又一个的半圆形的小泡儿。

“似水晶、非琉璃，又非玻璃，霎时间了无形迹。”我的姨妈教过我这样的谜语。

为什么这几年在北京很少见到大雨冒泡儿了呢？是气候变了么？是我事太多、心太杂，对似水晶又非玻璃的泡儿视而不见，这泡儿已经唤不起我童年的那种好奇和沉醉了么？哦！

1958年的特别炎热的夏天，我下乡以前暂在景山公园少年宫劳动，盖房当小工，每天担四十多斤一块的大城砖，很累。一天早上刚开工便赶上了天昏地暗的大雨，“头儿”只好宣布放假。我落汤鸡似的回到家，换了一身衣服，打起雨伞，和同样处于逆境的爱人到新街口电影院看电影《骑车人之死》去了。电影看完了，大雨威势未减。这是1958年，也许是50年代的最后几年我们度过的最快乐的一天，而这一天，是雨赐给我们的。

冒雨出游，这才有特色，这才有豪兴，这才有对于生活、对于世界的热情。这热情是什么也挡不住也抹不掉的。

所以，当1982年六月初我和几个中国同志一起访问美国的东北海岸而赶上了整整一个星期的阴雨的时候，当不论是主人还是其他客人都抱怨这不凑趣的天气的时候，我却说，我喜欢雨，雨使世界更丰富了。在维尼亚尔（意即野葡萄园）岛上驱车行路的时候，我甚至把汽车窗打开——让溅起的雨珠雨花吹到我的脸上、头发上、脖子上和衣服上吧，这该是大西洋上的天空——与我们古老的神州大地上的是同一个天空——飘洒下来的美丽、友好、清凉却也有些阴沉的信息。雨中的大西洋，似乎泛着更多的灰白相间的浪花。天、海洋、小岛、大陆、漂亮的花花绿绿的别墅房屋、泊港的船只、行驶着的和停下来的汽车，都笼罩在那温柔迷蒙的雨中的烟雾里。

这样的雨就像夜，就像月光，使世界变得温柔，使差异缩小，使你去寻求一种新的适应，新的安慰。

就是让雨淋个透也未尝不是人间快事。在新疆的草原上，我曾经骑着马遭遇过一次短暂的却是声势浩大的雹雨，前不着村，后不着店，上天无路，入地无门，连一株可以略略遮雨的小树也没有。没法子，除了百分之百不打折扣地接受大自然的洗礼之外，没有别的路。当理解了这种处境以后，我便获得了自由，我欣然地、狂喜地在大雹雨中策马疾驰。

这种经验我写在小说《杂色》里边了，但我觉得没有写好。如果有机会，不，不管有没有机会，将来我一定要再写一次草原上的夹着雹子的暴雨。

这豪兴也要有一个条件，就是在前方不远，有哈萨克牧民的温暖的帐篷。兄弟般的哈萨克人会亲切地接待你，会给你一碗滚热的奶茶，会生起他们的四季不熄的火炉，烤干你的被雨打湿了的衣裳。

我们常常说“风吹雨打”，毛主席说要“经风雨、见世面”，我们还说什么经历了“风风雨雨”。这不但让人骄傲，也让人欢喜，不但让人刚强，也让人快活，像我那次在新疆的草原上那样。

而我现在正航行在从武汉到重庆的长江航道上，又赶上了雨。雨对我有情，我对雨有意。

在避风的那一面的甲板上，你看不到也摸不着雨。在船头，雨丝向你迎面喷来，在迎风的那一面，雨丝拉曳成了长线。

江上的雨和人似乎更加亲近。坐船的人都爱水，靠水，感谢水。而正是雨供给着江水，江水升腾着雨。当轮船疾驶的时候，浪花飞溅到甲板上，那不就是雨么？

天色虽然阴霾，两岸的垂柳和庄稼却被雨洗得更加碧绿。没有打伞，也没有穿雨衣，最多戴一个草帽的岸上的女人们的服装在雨中显得分外鲜丽。连岸上的黄土和石头也在雨水中映着洁净的、本色的光。

“晴川历历汉阳树”，当然，但是你知道吗，阴川和雨川，也使我们的河岸、我们的人和树历历如画。

雨是我对生活和土地的无尽的情丝，情思。

1984年6月

湖

我喜爱湖。湖是大地的眼睛。湖是一种流动的深情。湖是生活中没有被剥夺的一点奇妙。早在幼年时候，一见到北海公园的太液池，我就眼睛一亮。在贫穷和危险的旧社会，太液池是一个意外的惊喜，是一个奇异的温柔，一种孩提时的敞露与清澈。

我常常认为，大地与人之间有一种奇妙的契合。山是沉重的责任与名节的矜持。海是渺茫的遐思与变易的丰富。沙漠是希望与失望交织的庄严的等待。河流是一种寻求，一种机智，一种被辖制的自由……

那时候我没有见过海，颐和园的昆明湖对于我来说已经是浩浩然荡荡然的大水了。我每去一次颐和园，都要欣赏昆明湖的碧波，惊叹于湖水的美丽与自身的渺小。

是的，湖是一种美丽，是一种情意。为了陆地不那么干枯，为了人的生活不那么疲劳，为了把凶恶的海控制起来把生硬的地面活泼起来，为了你的眼睛与天上的月亮——你不觉得看到地面上的一个湖泊就像看到天上的一个月亮一样令人欣喜么？为了短暂的焦渴的生命中不能或缺的滋润，于是有了湖。

北京的西山风景区是很美的，但是太缺少湖水了。这样，对香山静宜园“双清”的池水，对小小的儿童乐园式的眼镜湖，我自然是情有独钟。一见到这样的水波荡漾，脸上不由得出现衷心的笑容。

后来到了新疆，那就开了眼啦。在乌鲁木齐与伊犁之间的天山深处，著名的高山湖泊赛里木湖曾经怎样地令人眼界开阔呀！湖水是咸的，一望无际，湛蓝如玉。盘山公路傍湖而过，无数拉运木材、粮食、水泥、钢筋、百货的重型卡车从湖边走过。四周是长满枞树的高处终年积雪的山坡。时而有强劲的风自由地吹过。我在这里，感觉到一种庄严，一种粗犷，一种阔大。我不能不庆幸我终于离开了大城市，离开了那一个区一个胡同一处房子。我面对着的是一个严峻的、带几分神秘和野性的世界。这个世界里有一个巨大而晶莹的咸湖，它冷静而又尊严，凛然而又高耸地存在着。你觉得你其实只能向往它却很难有机会去亲近它。

在天山南麓的焉耆与库尔勒之间，有一个大湖——博斯腾湖，浩渺无际，芦苇丛生，坐着汽艇穿来穿去也见不到岸。据说有一个外国的总理看展览的时候看到博斯腾湖的照片甚感惊异，他说：“新疆不是不靠海吗？”博斯腾湖宛如内陆的海，那是远古时代的海的遗留，那是对于远离大海的新疆的特殊的慰安。

在阿尔卑斯山的脚下，在芝加哥的北边，在布加勒斯特的市区，在高原墨西哥城近郊，我造访过许多湖泊。我流连忘返，我抱怨自己只能匆匆邂逅，匆匆离去，我太对不起上苍的得意创造与生活给予我的机缘。

而珠海斗门的白藤湖呢？它是1993年6月走入我的记忆的。这是又一种心绪，又一番风趣。它是那样亲切随意，那样为人所有为人所用。它是一种景观更是一种资源，它是一种大自然的慷慨，也是特有的风水——它象征着斗门人的、白藤湖人的无限发达的可能。度假村的修建已经开辟了新的历史。白藤湖是更加人化的湖，人化的自然。1993年我有幸在这里居住了若干天。居住在白藤湖，我觉得舒适而又平安。我觉得发展其实并不难，生活其实也不是那么难。只要好好地做，只要不把力量放在破坏上。只要我们变得更近人情一些，更简单一些。只要我们多一点美好的祝愿，少一点恶狠狠的狼眼。

1994年4月

手

太忙，友谊也就成了奢侈。一位没有忘干净名字的小学时同学。想谈谈：吃着烤白薯走过的胡同，老师的绰号，爱噘嘴的同位子女生。一位老同事，结婚时吃了许多脆枣，值夜班时六轮手枪走了火……叙旧就像什锦火锅，好吃，需要吃得起。他推辞掉了。

等离休以后，他一定天天吃什锦火锅，喝着董郎一类酒怀旧。冲这一点，也得废除终身制。

但是秘书还是要他接见了她。她老伴十天前死了。死者是无官无名无足轻重的角色，是他的下属的下属的下属。但是死了，重要了最后一回。而且女同志说，有重要的话，面谈。

女同志含泪给他鞠了一个深躬。五十多岁样子，头发差不多都白了，喘气挺重。他吃了一惊。年轻时候，他们这一辈人对领导倒是衷心拥戴尊敬。轮到他当领导了，他更习惯的是被抱怨，如果不是嘲笑和没完没了的纠缠。

“谢谢您！谢谢您！”女同志用嘶哑的嗓音说。准是哭哑了的。“我丈夫最后的时刻还说到了您。”

什么？说到我？怎么会说到我？吓了一跳。死人的事是很麻烦的。不开追悼会就更麻烦。要停尸谈判，讣闻上要加更好的形容词，党龄要往早里算，不光彩的一切要往没里平反，还要解决亲属的城市户口，通往火化的道路坎坷崎岖。

女同志含泪而又不无欣慰地继续讲下去：“我丈夫说，他一事无成，他微不足道。但您关心他，您关心了他。您是唯一关心了他的领导。现在您的职位和声望更加显赫了，而他得到了您的关心。您使一个小人物临终时感到了温暖。谢谢您！死者感谢您，九泉含笑。后死者也感谢您……对不起，我耽误了您的时间，再见，告辞了……”

请留步！这是怎么回事！素昧平生，毫无印象，却奉献了跨越两岸的感激之情……无功受谢……但是，怎么办呢？对一个服丧的未亡人说，不，我根本不认识你，也不认识你的丈夫，你的感谢像是在黄昏，没有什么值得温暖和感激的……

“这个这个，”他说，“请保重，请节哀。有什么困难，有什么需要他们做的……请留下地址和姓名……”他看到了女同志眼里的泪花，他的眼睛也湿润了。

五天以后，随着汽车驶过一个坑洼时的大颠簸，他想起来了。两年前，他担任厅长的时候，去省委开会，随着一个颠簸，车抛锚了。司机说，要半个小时才能叫另一辆车来。他没有法子，便走入附近的一个居民楼。恰好他的身患不治之症的一位下属的下属住在这所楼里。他去看望了他。他看到一个苍白的蓬首垢面的病人，因他的到来而显出笑容。他永远忘不了病人从被子下面伸出的细瘦枯黄带汗的手。那手握他的时候，竟比他的健康高贵的手有力得多。回家后为洗手打了三遍扇牌香皂。他没有说是因为车的引擎出了毛病。他没想到这个病人又活了那么长时间。

他不知道应该自责还是自慰。需要一种古板的诚实、冒着刺伤善良者的危险，退回他不配得到的感激？还是就这样接受了一个人临终前念念不忘的刻骨铭心的感情？他看了看自己的手觉得掌心发热，确实有许多待援的手伸向了他。

1988 年

落 叶

人说自己的作品是结成的果实，我却觉得，我的作品像一片片落叶，一年年落叶，一阵阵落叶。

春天，叶芽萌发，渴望生长，汲取养分，迎接阳光。夏天，日趋丰满，摇曳自语，纷披叠翠，自在茁壮。而小树成为大树、老树就靠了这些树叶而呼吸，而做梦，而伸展自己的向往。

等到秋天，一片树叶又一片树叶犹豫不决地与树干商量：我完成了么？我可以走了吗？我渴望乘风飞去，海阔天空，被心爱的知音拿去珍藏。我又怕我们去了，使母亲树干凄凉。

树干说：去吧，去吧。我已经尽到了我的力量。你们是无法挽留的呵，纵然与你们告别使我神伤。我们应该去接受命运的试量。

一片又一片的树叶落下了，它们曾经是树的。现在也还是树的，却又不是树的了。

它们是它们自己。是树的过往的季节，过往的尝试，过往的儿女。又是大地的新客人，新的星外来客，新的友人。

它们也许因陌生而受疑惑的冷眼，它们也许因平凡而受不经意的遗忘，它们也许会引起清洁工的烦腻而被一柄大扫帚通通地扫到大道旁，它们也许被认为枯干而被一根火柴点燃发出短暂的烟和光，它们也许被认为美丽而藏在情人的心上，它们也许被一阵大风吹入异乡而受到意外的欣赏，它们也许进了科学家的实验室，做成切片，浸入药液，再放到显微镜下观察分析……

太多的树叶会不会成为自己的负担呢？太多的树叶会不会使树干弯腰低头，不好意思，黯然神伤？太多的树叶会不会使树大发奇想：我为什么要长这么多的树叶呢？它们过分地消耗了我的精力和思想。如果在我这棵树上长出的不是平凡的树叶而是外汇、奶油或者甲鱼，是不是能够派更多的用场。

树不会愿意处在自己落下的树叶的包围之中，树不会愿意再看自己早年落下的树叶。树又不能忘怀它们，不能不怀着长出新的树叶的小小愿望。

1988年秋在苏州，我问陆文夫兄：“当你看自己的旧作的时候，你有什么感想？可像我一样惆怅？”他回答说：“我根本不敢看哟……”

落叶沙沙，撩人愁肠。

故乡行

——重访巴彦岱

我又来到了这块土地上。这块我生活过、用汗水浇灌过六七年的土地上。这块在我孤独的时候给我以温暖，迷茫的时候给我以依靠，苦恼的时候给我以希望，急躁的时候给我以慰安，并且给我以新的经验、新的乐趣、新的知识、新的更加朴素与更加健康的态度与观念的土地上。

高高的青杨树啊，你就是我们在1968年的时候栽下的小树苗吗？那时候你幼小、歪斜，长着孤零零的几片叶子，牛羊驴马、大车高轮，时时在威胁着你的生存。你今天已经是参天的大树了，你们一个紧靠着一个，从高处俯瞰着道路和田地，俯瞰着保护过你们、哺育过你们、至今仍在辛勤地管理着你们的矮小的人们。你知道谁是当年那年老的护林员？你知道谁将是你们的精明强悍的新主人？你可知道今天夜晚，有一个戴眼镜的巴彦岱——北京人万里迢迢回到你的身边，向你问好，与你谈心？

赫里其汗老妈妈，今夜您可飘然来到这里，在这高高的青杨树边逡巡？您是1979年10月6日去世的，那时候我正住在北京的一个嘈杂的小招待所里奋笔疾书，倾吐我重新拿起笔来的欢欣，我不知道您病故的凶讯。原谅我，阿帕[①]，我没有能送您，没有能参加您的葬礼，您的乃孜尔[②]。那六年里，我差不多每天都喝着您亲手做的奶茶。茶水在搪瓷壶里沸腾，您坐在灶前与我笑语。茶水对在搪瓷锅里，您抓起一把盐放在一个整葫芦做成的瓢里，把瓢伸到锅里一转悠，然后把一碗加工过的浓缩的牛奶和奶皮子倒到锅里，然后用葫芦瓢舀出一点茶水把牛奶碗一涮，最后再在锅里一搅。您的奶茶做好了，第一碗总是端在我的面前，有时候，您还会用生硬的汉语说："老王，泡！"我便兴致勃勃地把大馕或者小馕，把带着金黄的南瓜丝的苞谷馕掰成小小的碎块，泡在奶茶里。最初，我不太习惯这种我以为是幼儿园所采用的掰碎食物泡着吃的方法，是您慢慢把我教会。看到我吃得很地道，而且从来不浪费一粒馕渣儿的时候，您是多么满意地笑起来了啊！如今，这一切还都历历在目呢。可您在哪里，您在哪里呢？青杨树叶的喧哗声啊，让我细细地听一听，那里边就没有阿帕呼唤她的"老王"的声音吗？

---

① 阿帕，维吾尔语：妈妈。

② 乃孜尔，这里指人死之后举行的祭奠仪式。

笔直的道路和水渠，整齐的、成块的新居民点，有条有理，方便漂亮。20世纪60年代中期自治区党委提出的好条田、好林带、好道路、好渠道、好居民点的“五好”的要求，关于建设社会主义新农村的号召，如今在巴彦岱不是已经实现了吗？根据规划建设的要求，我和阿卜都热合曼老爹、赫里其汗老妈妈住过的小小的土房子已经拆掉了，现在是居民区的一条通道。当年，我曾住在他们的一间放东西的不到六平方米的小库房里，墙上挂着一个面罗、九把扫帚和一张没有鞣过的小牛皮。最初我来到这个语言不通的地方，陪伴我的只有梁上的两只燕子。我亲眼看见燕子做窝、孵卵，和后来它们怎样勤劳地哺喂着那些叽叽喳喳的小燕子。在小燕子学会飞翔的时候，我也已经向维吾尔农民的男女老少（包括四五岁的孩子）学了不少的维吾尔语了。我们愈来愈熟悉、亲热了，按照您们古老而优美的说法，你们从燕子在我住下的小屋里筑巢这一点上，判定我是一个心地善良的人。于是，您们建议我搬到正屋里，和您们住在一起。我欣然接受了。从此，我们一起相聚许多年，我们的情感胜过了亲生父子。亲爱的燕子们哪，你们的后代可都平安？你们的子孙可仍在伊犁河谷的心地善良的农民家里筑巢繁养？当曙色怡人的时候，你们可到这青杨树上款款飞翔？

阿卜都热合曼老爹啊，我们又重逢了。在那些年，我把我的遭遇告诉了你们。您那天沉默了许久，您思索着，思索着，然后，您断然说："老王，不会老是这样子的。请想一想，一个国家，怎么能够没有诗人呢？没有诗人，一个国家还能算是一个国家吗？元首、官员、诗人，这是任何一个国家都不能或缺的。老王，放心吧，政策不会老是这个样子的。"您没有文化，您不会写自己的名字，您不懂汉语，没有看过任何书，然而，您是坚定的。您用您自己的语言，表达了您的信心，对于常识，对于真理，对于客观规律总比任何人的个人意志为强的信心。如今，您的信心应验了：诗人、作家在我们的国家，受到了应有的关心和爱护。排斥诗人、废黜诗人的年代终于一去不复返了，而您，也已经老迈了……

还有二大队的支部书记阿西穆·玉素甫。1971年，我离开巴彦岱前去乌鲁木齐"听候安排"的前夕，阿西穆同志对我说："不要有什么顾虑，放心大胆地去吧！如果他们（指当时乌鲁木齐的有关部门）不需要你，我们需要你。如果他们不了解你，我们了解你。你随时可以带着全家回来，你需要户口准迁证，我这里时刻为你准备着。你需要房屋，我们可以立刻划出九分地，打好墙基。一切困难，我们解决。"这真是披肝沥胆，推心置腹！巴彦岱的父老兄弟呀，在我最困难的时候，您们给过我怎样巨大的支持和鼓励！古人说，"人生得一知己足矣"，而在巴彦岱，成百上千的贫下中农都是我的知己！在最困难的时候，最混乱的时候，我的心仍然是踏实的，我仍然比较乐观，我没有丧失生活的热情和勇气。至今有人称道我四十七八岁了还基本上没有白发，说我身体好。其实，我的青少年时期身体状况是很糟糕的，为什么经过了那么多动乱和考验以后，我反倒更结实也更精神了呢？那是因为你，你们——阿卜都热合曼、依斯哈克、阿西穆·玉素甫、阿卜都克里木、金国柱、艾姆杜拉、满素艾山……你们支持我，帮助我，知己知心，亲如父子兄弟，你们给了我多少温暖和勇气！不是吗？当我来到四队庄子上，看望依斯哈克老爹的时候，他激动得哭个不停。心连心，心换心啊！此意此情，夫复何求？

慢慢地在青杨掩映的乡村大路上前行吧，每一株树，每一个院落，每一扇木门，每一缕从馕坑里冒出来的柴烟，每一声狗叫和鸡鸣都会唤起我无限的怀念。清清的小渠啊，多少次我到你这里挑水？阿帕是贫寒的，她的水桶一个大一个小，她的扁担歪歪扭扭，严格说来那根本不能叫扁担，因为它一点也不扁，而是一根拧了麻花的细棍子。那东西压在肩膀上，才叫闹鬼呢，它好像随时要翻滚，要摆脱你的手心……就是这样，我用它挑了多少水啊。而当枯水季节，或者当小渠被不讲道德的个别户污染了的时候，我就要沿着田埂向北走上三百多米，从另一处渠头挑水了。给房东大娘把水挑满，这也是党的传统，党的教育，党的胜利的源泉啊，我能够忘记吗？即使我住在冷热水龙头就在手边的地方，我能忘记这用麻花扁担挑着大小水桶走在巴彦岱的田野上的日子吗？

继续往前走，就是原来的大队部了。我不由地想起1965

年到 1966 年，我们每天早晨天不亮就聚集在这里“天天读”的情景。我把“天天读”变成了学习维吾尔语的好机会，我认真地背诵着“老三篇”的维吾尔译文，并且背下了上百条“语录”译文。一方面做学生，一方面又担任教维吾尔新文字的“先生”，有许多个早上我在这里给大队干部教授拉丁化的维吾尔新文字。那齐声朗诵 A、B、C、D 的声音，还在这里回响着吗？

当然，原来的大队部也使我想起那阴暗的日子，一阵“炮轰”以后的半瘫痪状态，“一打三反”时候的恐怖气氛……这些，已经成为往日的陈迹了。我会见了艾姆杜拉和司迪克，艾姆杜拉已经被落实了政策，担任巴彦岱中学的教员，一家十一口，也转为吃商品粮的了。“你现在和队上没有什么关系了么？”我问。“呵，如果我给队上缴一车肥料，队上就给我一车麦草。”他笑着说。而曾被捆绑和殴打过的司迪克呢，他骄傲地把他新盖的高台阶、宽前廊的房屋指给我看，端来了自己栽植收获的葡萄、梨……劳动者的心地是最宽阔也最厚道的，我们共同引用着维吾尔族的谚语：男子汉大丈夫总要经受各式各样的磨难的。沉重的回忆就这样被欢畅的笑声冲刷过去了。

巴彦岱的农民弟兄们，你们终于安定了，轻松了，明显地富裕起来了。曾是穷苦的光棍儿，孤儿出身的阿卜都克里木啊，你现在也有三间正房，上千元的存款、自行车、手表、驴车，并且饲养着牛、鹿、驴了。你包了十一亩菜地，和你的精明的妻子一起种植管理。当年多少次我曾经睡在你的独间土房里，睡在你那个只有架子，没有床板，用向日葵秆托着我的身躯的歪歪扭扭的床上，共同诉说着生活的艰辛和期望啊！今天，我又睡到你这间房子里来了，你用伊犁大曲、爆牛肉、炒鸡蛋和煮饺子来招待我。曾经教会我扬场、自称是我的师傅的金国柱也来了，他拿着酒杯向我祝酒说："如果不替我们说话，我们就把你拉下来！"善于经营理财的穆成昌也来了，问我："农村的政策不会变吧？"为什么要变呢？符合人民心愿的，有利于生产发展的政策，要靠我们自己来贯彻啊！巴彦岱的各个大队，正在进一步落实责任制，把责任包到每户、每个劳动力身上。大家都说，真能这样搞下去，就会搞好了。难道可以不搞好吗？我们已经付出了那么多代价，那么多时间！

中秋刚过，明月出天山，天山上的月亮才是最亮、最无尘埃的啊！但愿我们的生活，我们每个人的心像天山上的明月一样光亮饱满。月光下的新居民点，房屋和庭园，属于社员个人的房前屋后的树木，堆积着的饲草饲料，还有不时发出哞哞声的牛吼马嘶，显示出多少希望！过去大队干部为购买一辆货运卡车绞尽了脑汁，现在，大队已经拥有两辆这样的汽车了。过去收割的时候靠马拉机具和人工，现在主要靠康拜因了。过去轧场的时候靠马拉石磙子，现在主要靠手扶拖拉机了。过去粮食加工靠水磨，现在在拥有更大的水磨的同时，电磨已经占据重要的位置了。过去送信时骑马，现在邮递员都备有崭新的挎斗摩托车了。过去谁家里有个半导体收音机就会引起轰动，现在，一些社员的家里已经有了收录两用机，有了沙发、大衣柜、五斗橱和捷克式写字台，还有的社员已经提前买下了电视机了（伊犁的电视台正在建设中）。不管有多少挫折和失望，我们生活的洪流正像伊犁河水一样地滚滚向前！

我又来了。我又来到了这块美好的、边远的、亲切的和热气腾腾的土地上。愿已经与世长辞的赫里其汗妈妈、斯拉穆老爹、阿吉老爹、穆萨子大哥们安息！愿年老的阿卜都热合曼老爹、马穆提和泰外阔老爹们在公社的照料下安度晚年。愿还在工作岗位上的阿西德、金国柱同志实现自己的抱负，做出成绩！愿当年的小孩子，现在的青年人能过上远胜于上一代的更加富裕更加文明的生活！巴彦岱的一切，永远装在我的心里。

是的，我没有忘记巴彦岱，而巴彦岱的乡亲们也没有忘记我。当依斯麻尔见到我的时候，他不是立刻提醒我，当年，是我给他写的结婚请帖，我帮他上的房泥，而我也立刻回忆起，那时他的夏日茶棚不是在南面而是在北面，他曾经有过一头硕大的黄毛奶牛。当那时的小姑娘、现在的三个孩子的母亲塔西姑丽见到我的时候，不是立刻问候我的妻子和我的孩子们吗？当吐尔迪、穆成昌……见到我的时候，不是还询问我的那辆因破烂而在巴彦岱有名的自行车和黄棉衣的下落吗？他们不是绘声绘形地回忆起我在哪块地上锄草，在哪块地上收割，怎样撒粪，怎样装车吗？无怪乎曾经担任大队会计、现在担任公社财会辅导员的小阿卜都热合曼库尔班对我说："我不知道王蒙哥是不是一位作家，我只知道你是巴彦岱的一个农民。"没有比这更好的褒奖了！好好地回忆一下那青春的年华，沉重的考验，农民的情谊，父老的教诲，辛勤的汗水和养育着我的天山脚下伊犁河谷的土地吧！有生有日，一息尚存，我不能辜负你们，我不能背叛你们，不管前面还有什么样的胜利或者失败的考验，我的心是踏实的。我将带着长逝者的坟墓上的青草的气息，杨树林的挺拔的身影与多情的絮语，汽车喇叭、马脖子上的铜铃、拖拉机的发动机的混合音响，带着对维吾尔老者的银须、姑娘的耳环、葡萄架下的红毡与剖开的西瓜的鲜丽的美好的记忆，带着相逢时候欣喜与慨叹交织的泪花、分手时的真诚的祝愿与"下次再来"的保证，带着巴彦岱的盛情、慰勉和告诫，带着这知我爱我的巴彦岱的一切影形声气、这巴彦岱的心离去，不论走到天涯海角……

1982年1月

春天的心

春天的心活在春天的人的身体里。

春天的心是活跃的，生气蓬勃的，充满了活着的力量。春天使人爱生活：看呀，桃花的骨朵，柳枝的嫩芽，牛毛似的小雨帘子般地挂着，一切多美。生活本身是可爱的呀。听呀，池水的潺潺像低唱一首甜蜜的恋歌，晨鸟的啾啾像喁喁的情话，远处的孩子们唱了：

青草生
花儿红
斜织细雨里
老牛驮着牧童……

这嘹亮的歌声使春天的心朦胧了，沉醉了。

嗅呀！翘起鼻子，刚下完雨的潮湿气息，钻进你的鼻孔，使你的心痒痒的。玩吧，跳吧，高歌吧，舞蹈吧，暂时忘掉你的痛苦。我们都是小孩子，应该有小孩子的心，而小孩子的心便是春天的心呀！

春天的心又是懒洋洋的一股子劲儿。朋友，你可晒过春天的太阳？倚着树、靠着墙，闭上眼睛，让金黄色的太阳从头至脚抚摸你，你感到和暖，你感到舒适，身子散了，软了，像棉花一样；身子轻了，没有丝毫重量。于是你的身躯自然地摇摆着，飘，飘，飘到天空里，坐在白云上，和云雀一同唱歌，和风筝一同跳舞。说起风筝，你可常听到风筝铜铃寂寞的嗡嗡的声音？还有远处的空竹声也是相像的。它使你每个细胞都酥软了，它使春天的心荡漾在那声波里。听到之后你或者便颓然卧在草地上，让小野花的黄蕊洒在你的鼻孔里；你或者会兴奋地跳起来，喊着说："我们生活在春天里，我们生活在阳光里，我们生活在春天的阳光里！"本来嘛……

春天的心是美好的，善良的，纯洁的。因为美以大自然的为最美，而大自然的美表现在春天。你知道春山：远望苍翠欲滴，郊外踏青便是为了欣赏春山呀。你知道春水："风乍起，吹皱一池春水"。你知道春花春草，流行歌曲不是这样唱吗："春天的花，是多么的香"；通俗的对子，不是这样写吗："又是一年芳草绿，依然十里杏花红"。你知道春雨："帘外雨潺潺，春意阑珊"，"细雨梦回鸡塞远，小楼吹彻玉笙寒"。你知道春宵："今夜偏知春气暖，虫声新透绿窗纱"以及什么"月移花影上栏杆"……好了，这些歌颂春天的句子是实在写不完的；人在这美的结晶里，丑恶的会变成美善，污浊的会变成纯洁。春天本身便是诗，何待写她在纸上？而春天的心，便是诗里的诗了。

虽然如此，春天的诗和含苞待放的春花一样，和刚伸出头来的草一样，是幼稚的，是脆弱的。她是才入世的小娃娃，而不是千锤百炼的勇士；她是呢喃倩舞的小燕，而不是在狂风暴雨里挣扎的海燕；她是小花而非大树，诗歌而非枪炮（请恕我这句话似乎包括对诗歌的不敬）。但是，春天要被更成熟、更热情、更坚强的夏天代替，春天的心也变成钢铁的心了。

1948 年

新疆的歌

黑黑的眼睛

在遥远的伊犁，几乎每一个本地人都会唱《黑黑的眼睛》这首歌，几乎每一次喝酒的时候都要唱这一首歌。

喝酒和唱歌这二者，从声带医学的观点来看是互相排斥的；从情绪抒发的角度来看却是一致的。

第一次听到这首歌是1965年冬天，在大湟渠渠首——叫作龙口工程“会战”的“战场”。我与农民们一起住在地窝子里。那里临时开设了几个食堂。寒冬腊月，食堂的厚重无比的棉帘子外面挂满了冰雪，也许不是雪而是霜，食堂里的水汽从帘子边缘逸出来，便凝结成霜。掀开这沉重得惊人的门帘，简陋的食堂里热气弥漫、灯光昏暗、烟气弥漫、肉香弥漫。更重要的是歌声弥漫，歌声激荡得令人吃惊，歌声令人心热如焚，冬天的迹象被歌声扫荡光了。

在关内的时候，我们也听过一些新疆歌曲。但是伊犁民歌自有不同之处，它似乎更散漫，更缠绕，更辽阔，没有开头也没有结尾，抒不完的感情联结如环，让你一听就陷落在那里，痴醉在那里。

从此我爱上了伊犁民歌。在伊宁市家中，常常能有机会深夜听到《黑黑的眼睛》的歌声。是醉汉吗？是夜归的旅人？是星夜赶路的马车夫？他们都唱得那么深情。在寂寥而寒冷的深夜，他们用歌声传达着对那个永远的长着“黑黑的眼睛”的美丽的姑娘的爱情，传达着他们的浪漫的梦。生活是沉重的，有时候是荒芜的，然而他们的歌是热烈的，是愈加动情的。

后来我有几次与农民弟兄们一起喝酒唱歌的经验。我们当中有一位歌手，他是大队民兵连长，叫哈里·艾迈德。他一唱，我就跟，随着每一句的尾音，吐出了无限快乐。我傻傻地跟着唱，跟着唱，却总觉得跟不上那火热的深沉与寥廓的寂寞。

也有时候我不跟着唱，只是听着，看着哈里和别的人们的那种披肝沥胆地唱歌的样子，就觉得更加感动。

1973年我离开了伊犁，1979年我离开了新疆。

1981年中秋节前后我重访伊犁，诗人铁依甫江与我同行。为了将《蝴蝶》改编成电影的事，长春电影制片厂的一位导演不远万里跑到伊犁去找我。一天晚上，我们一同出席伊宁市红星公社就是西公园附近的一次露天聚会。饮酒之际，请来了民间的盲艺人司马义尔，他弹着都塔尔，唱起了歌，当然，首先唱的仍然是《黑黑的眼睛》。

他的声音非常温柔。他的歌声不是那么强烈，却更富有一种渗透的、穿透的力量。那是一首万分依恋的歌，那是一种永远思念却又永远得不到回答的爱情，那是一种遥远的、阻隔万千的呼唤，既凄然又温暖。能够这样刻骨铭心地爱，刻骨铭心地思恋的人有福了，能唱这样的歌，也就不白活一世了！看不见光明的歌手啊，也许你的歌声里充满了对光亮的向往和想象！在伊犁辽阔的草原上踽踽独行的骑手啊，也许你唱这首歌的时候期待着人群的温暖？歌声是开放的，如大风，如雄鹰，如马嘶，如季节河里奔腾而下的洪水；歌声又是压抑的，千曲百回，千难万险，似乎有无数痛苦的经验为歌声的泛滥立下了屏障，立下了闸门，立下了堤坝。

一声“黑眼睛”，双泪落君前！他一唱，我的眼泪就流出来了！

伟大的维吾尔诗人纳瓦依说过：“忧郁是歌曲的灵魂。”这又牵扯到一个民族的性格问题来了。你为什么那么忧郁？由于干旱的戈壁沙漠吗？你的绿洲滋润着心田。由于道路遥远音信难传吗？你的好马和你的耐性使你们的交往并不困难。由于得不到心上人的呼应、得不到知音吗？你的歌、你的舞、你的饮酒又是那样的酣畅淋漓！而你的幽默更是超凡入圣。

快乐的阿凡提的乡亲们，却又有唱不完的“黑眼睛”的苦恋。

我没有解开这个谜。虽然我自我标榜我对新疆、对维吾尔人的生活、语言、文字颇有了解。我至今学不会这个歌。虽然我喜欢唱歌、粗通乐谱、会唱许多歌、自信学歌的能力不差。那么熟悉，那么想学，却仍然不会唱。也怪了。

就让我唱不好，唱不出这首《黑黑的眼睛》吧。唱不好，但是我知道她，我爱她，我向往她。小小的一声我就能从万千音响中辨识出她。她就是我的伊犁，她就是我的谜一样的忧郁。至少是因为告别了伊犁，至少是因为它是唯一的我又喜爱又熟悉又至今唱不成调的歌儿。

阿娜尔姑丽

以喀什噶尔为中心的南部新疆的歌儿与以伊犁为中心的北疆的歌儿有很大的不同。如果说北疆民歌的代表是《黑黑的眼睛》的话，那么，南疆民歌的典型则是《阿娜尔姑丽》。“阿娜尔姑丽”的意思是石榴花，而这又是一个在南部新疆常见的姑娘的名字。这个名字很美。电影《阿娜尔汗》的主题歌就是根据民歌《阿娜尔姑丽》整理、配词而成。歌一开始便唱道：

> 我的热瓦甫琴声多么响亮，
> 莫非装上了金子做成的琴弦？

而民歌的起始两句，据我所知的一个版本是这样的：

夜晚到来我睡不着觉呀，

快赶开巢里的乌鸦，啊，我的人！

最后一个词是bala，是孩子的意思，这里叫一声孩子，类似英语中的“baby”，是一种昵称，故译“我的人”！

以《阿娜尔姑丽》为代表的南疆民歌似乎更具有节奏性，人们唱这些歌的时候似乎正迈着沉重有力的步子，似乎正在漫漫砂石戈壁驿道上长途跋涉，四周杳无人迹，远山上雪光晶莹，干峻的柴草在风中颤抖，行路者的歌声坚毅而又温情，我好像看到了歌者的被南疆的太阳烧烤成了酱紫色的脸庞。

也许他们是骑着骆驼唱这些歌的吧？在“沙漠之舟”上，他们体验着大地的辽阔、荒芜、寂静与神秘；他们也体验着自己内心的火焰的跳动、炽热、熬煎和辉耀。他们已经漫游了许多日日夜夜。他们已经寻求了许多岁岁年年。他们已经创造了许多城市乡村。他们热烈地盼望着更多的人间情爱。

我永远不会忘记我第一次受到这样的歌声的冲击的情景。那是在叶尔羌河东岸、塔克拉玛干沙漠西缘的麦盖提县，1964年，我住在县委招待所，准备去洋达克乡。招待所正在盖房子，每天早晨八时以后，来自农村的临时建筑工开始上班。有两个年轻的女人，她们不紧不慢地用抬把子抬砖，一边装卸，一边走路，一边大声唱歌。她们唱的是《阿娜尔姑丽》，她们的唱歌就像呐喊一样地自然、朴素、开阔、痛快，她们的唱歌就像呼唤一样响亮、多情、急切、期待着回应，她们的唱歌又像是一种挑战、放肆的发泄，自唱自调，如入无人之境。她们戴着紫黄色的小帽，穿着红色的裙子，红色的裙子下面还有绿色的灯笼裤。这歌声响彻一个上午，中午稍稍歇息，又一直唱下去唱到太阳快要落山。她们的精力，她们的热情，她们的喉咙，似乎都有着无尽的蕴藏。

即使是生活在城市中、生活在忙乱中、生活在纷扰与风霜雨雪中也罢，想起这样的歌，能不为那股热流而心潮激荡么？

1991年3月于北京

国庆的礼花

在新中国成立初期，也许可以说那时是我们共和国的童年吧，节日的游行、阅兵和焰火晚会曾经怎样地激荡着人们的心！一进入九月份，国庆的准备工作已经使许多年轻人睡不着觉了，应该抬着怎样的图表和模型去向祖国汇报呢？应该穿哪一件毛衣、哪一条裙子来表达我们新中国的新一代的幸福和欢欣呢？要走什么样的步子，做什么样的动作，摆什么样的姿势让毛主席来检阅我们的精神面貌呢？一想起这些，我们简直兴奋得喘不过气来。

我们本来是半封建半殖民地，本来是“东亚病夫”，本来是“华人与狗不得入内”，本来是男人的长辫、女人的小脚、叉麻将的官员和抽鸦片的兵将……我们充满了悲愤，高唱着“团结就是力量”，去“向着法西斯蒂开火”，去迎接黎明。

多少先人望枯了双眼，多少烈士梦断了魂魄，终于，一九四九年在中国人民解放军的摧枯拉朽的进军中、在秧歌和腰鼓声中到来了。中国的上空，从此永远是“解放区的天”“明朗的天”，到处是飘扬的五星红旗，到处是和时间赛跑的工农，到处是最可爱的人……而且有游行，在一盘散沙、灾难深重的旧中国的废墟上，巨人般的新中国已经神速地挺起了腰，看天安门前吧，鲜花、红旗、气球、和平鸽、笑脸。

“毛主席万岁！”一个口号表达着亿万中国人民的心，亿万中国人民衷心喊出来的正是这样一个口号。年富力强的毛主席、周总理、朱总司令……向着人民招手：“人民万岁！”毛主席呼道。这样的景象可是中华民族的历史上曾经有过和可能有过的吗？

还有阅兵，喷气式飞机、火箭炮和坦克，海、陆、空三军，那时候，甚至连坦克排出的瓦斯吸到肺里似乎也是香甜的，这是几千年来，中国人民第一次有了自己的强大武装、自己的装甲部队啊！

入夜，探照灯的光柱交织在首都的上空，缤纷绚烂的礼花在我们的头顶上绽放，高音喇叭里播送着各民族的舞曲。也许，这些舞曲里最令人难忘的是新疆的迎春舞曲吧？多多多多拉多拉，咳，我们尽情地跳跃在五星红旗下面……太阳一出来，赶走那寒冷和黑暗！所有的交通工具都用来运送参加晚会的人。快一点去，快一点站在圈子里，和你周围的男男女女拉起手来吧，我们是亲人，是同志，有共同的欢乐和信念。

记得有几次逢上了大雨，人们不带任何雨具，照样参加游行，照样参加晚会，照样从傍晚跳到深夜，从深夜跳到天明。

是的，自然界的风和雨扑不灭我们的欢乐和信念，社会的风风雨雨同样也扑不灭我们的欢乐与信念。虽然在往后的年代里，在我们可爱的国家里也发生了一些令人惊愕、令人大惑不解以至令人痛心疾首的事情，虽然至今我们也许仍然有不少的牢骚和“气”，但是，当我们回忆起人们对新中国的热爱、希望和忠诚，当我们回忆起中国人民走过的光荣而艰巨的路程，当我们回忆起在我们年轻的时候、在我们的共和国年轻的时候，那盛大的游行和舞会、那阅兵和焰火，我们难道不为我们生逢其时而觉得骄傲和幸福吗？我们难道不坚信乌云终将散去吗?

许多的日子过去了，我们赢得了艰苦的斗争，也赢得了光辉的胜利，我们的国家和我们每一个人都成熟多了。我们失去的是孩子气，我们保持着、锤炼着、发展着的是始终不渝的热情、信念和忠诚。经过浩劫，我们的祖国又屹立在东方，并且开始迈出更加坚实和巨大的步伐。

为适应新的情况，在国庆节我们采取了更广泛、更多样、更有效也更经济的庆祝方式，大规模的游行、晚会，也许今后不会再搞了。但是，当年的节日的礼花，仍然在我们的心头闪耀着，永远闪耀着。

1979 年

明年我将衰老*

仍然是在蓝天与白云之下，沐浴着阳光与雾气，沐浴着海洋的潮汐与波涌、洁净与污秽，忍受着海蜇与蚊虫，环顾着挺立的松柏、盘错的丁香。去年你在那里留了影，仍然丰匀而且健康，沉着中有些微的忧愁与比忧愁更强大的忍耐与平顺。

你和我一起，走到哪里，你的床我的床边，你的枕我的枕旁，你的声音我的耳际，你的温良我的方向，你的目光护佑着游泳，我仍然是一条笨鱼，一块木片，一只傻游的鳖，我还活着，我还游着，想着，动着，活着就是生命的满涨，哪怕紧接着是核磁共振的噪音，是静脉上安装的一个龙头，从龙头里不断滴注液体的显像，是老与病的困扰，是我所致敬致哀以沉默无语的医疗药剂科学，是或有的远方。

我坚信我还活着，心在跳，好好活着，过了地狱就是天国，过了分别就是相会，我仍然获得了蓬蓬勃勃的夏天，风、

---

* 本文节选自王蒙小说《明年我将衰老》，是央视《朗读者》王蒙朗读片段。

阳光、浓荫、暴雨、潮与肌肉。浅海滨我去了三次，我喜欢踩上木栈道的感觉，也许光着脚丫子踩沙滩更好。去年与你同去的，我期待月出，更加期待繁星。在秋与冬春，我与渤海互相想念。

只是一个刚刚开始的梦，一个尚未结束的故事。

啊，新疆的风景！

1963年，我做了一个破釜沉舟的决定，全家迁往新疆。我认为这是真正实行《讲话》，开阔自己，锤炼自己。不这样，就只剩下了死路。

我仍然满心光明与希望。我带着一缸小金鱼坐火车，我吟着诗："日月推移时差多，寒温易貌越千河，似曾相识天山雪，几度寻它梦巍峨。""死死生生血未冷，风风雨雨志弥坚，春光唱彻方无恨，犹有微躯献塞边。"

同样在运动中没顶，具体处境不同，我的光明的底色与逢灾化吉、遇难呈祥的自信使我从来没有一味悲观过。

那个年代的斗争的弦越拧越紧。1965年，我到伊犁农村"劳动锻炼"。之后六年时间，我与当地维吾尔为主的各族农民同吃同住同劳动，同生活同学习。我后来不无骄傲地说：我在新疆完成了阿勒泰语系的维吾尔语博士后。我与当地农民打成一片，我爱他们，他们也信任我喜欢我。

我喜欢新经验，我喜欢有所相异的文化与完全相通的心。

我喜欢伊犁民歌《黑黑的眼睛》。在种种说法搞得我头晕脑涨的时候，去新疆，我想我更可以比较放心地沉浸在民族团结、祖国统一、沙漠绿洲、人民万岁的新疆生活里。

古话有云："大乱避于乡，小乱避于城"，中华传统文化中包含着这样宝贵的经验。如果在京，"文化大革命"那一关，恐怕难过得多。

从1974年开始，我陆陆续续写下了《这边风景》，我对于我写的生活充满了情思与趣味，充满了知识与开拓，充满了投入与激扬。我对于我写的土地、人民、生活充满了眷恋与吟咏。何等的幸运，何等的机缘，很难再有一个人像我这样沉潜到如此地步！

40年过去了，人民公社已经不再，记忆仍然鲜活，积极分子的忧愁，懒汉的笑料，热热闹闹的磨洋工，高高兴兴的空话连篇，却仍然是这边风景的独具美好，仍然是青年男女的无限青春，仍然是白雪与玫瑰，大漠与胡杨，明渠与水磨，骏马与草原的世界固有的强劲与良善。

毕淑敏说过一句话，有时候某种特定的政治过程歪曲了生活，但是强大的生活又消解了本身有所偏差的政治。

所以还是能写。即使戴上了所谓"镣铐"，仍然有自己的歌舞。真情、热爱、大地的脉动、生活的兴致、感受的真实，伊犁河水的滚滚波涛、天山雪峰的冷傲庄严，都超越着一时的不够正常，都突破着局限。你笔下出现的是"清明上河图"，是“细节的排山倒海”，这两句话是别人讲的。

我喜欢书写的尽兴，汪洋恣肆，心如涌泉，意如飘风。

我也喜欢欲说还休，留下八分之七的冰山在北冰洋里的比喻。恰恰可惜的是，俺的书里，这后一种八分之一写作的例证，除了《这边风景》，还不够多。

而且是怎样的一个切入角度，在1974年，王蒙的批判锋芒针对的是分裂势力，更是“四清”中的极“左”，明白了吧？朋友。

我没有忘记伊犁人对于家乡的吹嘘，新疆人说伊宁人个个都是“啵契”——英雄好汉又兼牛皮大吹！例如书中那位靠夺权上台的穆萨队长！

最使我感动的是书中人物爱弥拉克孜痛责泰外库的那一段，多少年过去了，自己读到这一段往往会痛哭失声。一个是尊严，一个是希望与失望，一个是爱情，不为它们落泪，你为谁而哭？

雨灾里伊力哈穆问乌尔汗，你还跳舞吗？使我想起了《组织部来了个年轻人》里对于赵慧文的描写，有什么办法呢？王蒙就是王蒙，清水里泡三次，碱水里泡三次，血水里泡三次，然后他低声笑问：“各位可好？各位可老？”

他在伊宁县巴彦岱农村住进了维吾尔老农的一间放工具的小屋，屋里弥漫着生牛皮的气味。三天后燕子开始在这里筑巢，一夏天与呢喃的小燕子一家相伴而过。而少数民族穆斯林们竟然从这一点上判断老王是个善良的人。那是什么样的感受与感恩？

写到了开放爽朗的狄丽娜尔突然跳上了俄罗斯族青年廖尼卡的自行车货架子上的情景，那样的事我也有啊，我骑着一辆破车，一阵笑声中一个维吾尔大姑娘已经跳骑到了我的车架子上，扶着俺腰，到了她要到的地方，又是在笑声中奔跑而去。那不是一个快乐的年代，但你能不能因此不许我发现与珍惜快乐，在不那么快乐的时候。

还有赶车夫的生活。还有穆斯林的宗教生活与宗教情绪。还有四只鸟和一个诡诈的人，那种结构显然受到《一千零一夜》的影响。还有1962年伊犁地区的边民外逃事件。还有“四清”。还有汉族的女技术员杨辉。还有雪林姑丽与艾拜杜拉的洞房之夜，我重读到书中人物为新郎脱靴子的话题时，我写的是雪林姑丽脸红了，我也脸红了。

在不快乐的时期我找到了我的快乐。在无所事事的时期我做了可能的最好的事。我留下了痕迹与纪念。而且，一次次重印。在小说基本改好以后，我将它尘封了那么久，我差不多已经忘了它，然后它面世，得到了关注与茅盾文学奖。

我想起了一幅国画：“直钩去饵八十年”，大概画的是姜太公？这一切，好像有点意思呢。

乡音如旧

最近回了一趟河北沧州市的南皮县老家。一到这里，立刻转换定义，说起南皮味道的乡下话来，说得驾轻就熟、波流通畅，令我自己也吃惊。

一位朋友指出，我是出生在北京的，归里包堆，在家乡度过了两三年，五岁前就又回到并长期定居北京了。但是沧州，南皮，我念念不忘，多次在作品与谈话中提及。当王某描写自己三岁时期在乡村的记忆的文字发表的时候，有同行不吝赞叹，还有人因为他老弟记不住任何三岁的事而判定王蒙的书写不可信。当然，他没有读过托马斯·曼的《布登勃洛克一家》和马塞尔·普鲁斯特的《追忆似水年华》。朋友问，你怎么会对故乡有这样深沉的记忆与感怀呢?

我说，南皮乡音，与它的地理位置一样，等于山东（腔）加天津（腔）除以二，等于齐、燕、赵三古国的总和除以三；它是我的父母之音，乡土之音，天地之音。语言声腔与思想感觉，是从乡音这条路径进入了我的生命的，然后发展与增加了普通话，发展与增加了其他少数民族与国家的语言学习与使用。它们对我来说永远是刻骨铭心的原生启动，是我的第一阶。说了三天乡音之后，好像激活了对于童年的记忆，对于父母、数十年前的亲友的记忆，对于换了人间的旧中国旧生活的记忆，我百感交集，欲哭无泪，却又不无骄矜。

我还说，虽然从1937年到1984年，四十七年中没有回过南皮县潞灌乡龙堂村，但是我在北京的少年青年时代，其实仍然是基本上生活在沧州地区、沧县、南皮县的文化圈子里。我北迁北京的家中，震响着的是沧州口音，感动着的是沧县情义，动辄直着脖子大闹的是南皮激昂、燕赵齐大嗓门儿、吴桥硬气功，乃至于还可能有义和团的原始与无望的抗争。也有老封建的一座座贞节牌坊，痛苦而又无奈的包办婚姻的恶果，还有五四带来的梦想、干渴与困惑，前现代的落后与无知，家事纠纷的恶毒与恐怖，家庭成员的亲密与深情，还有我自己的父与母间的不共戴天的分野与相缠相绞的碾轧折磨。还有，有时候是乡巴佬的野蛮与恶习，有时候又是天真厚朴傻气得叫人掉泪的多喜又多愁，多情又多恨，等等，都是沧州南皮土造。

尤其是贫穷。一直到1984年，五十年没去过的王蒙在长大成人后首次回到自己幼儿时住过的南皮，乡里的干部接待我，五个乡干部没有一个穿衣囫囵的，五个人的衣装不仅到处是补丁，而且都有补丁开了绽，都露着肉。

还有白花花的堿地，含硝的苦水，泥泞道路的坎坷。

我的身在北京的童年，从来没体验过北京旗人（满族）的多礼好面子与好吃懒做，没有胡同里的油腔滑调与自得其乐，没有大知识分子的学贯中西与高高在上酸溜溜，没有老北京的温文尔雅与讲究体面，也没有骆驼祥子式的辛苦与坚忍。

我可以回答我自己了，我的原生态是母亲的籍贯沧县与父亲的籍贯南皮。这次相隔十余年再来南皮，了解到南皮的贫困县帽子终于摘除，城关大道的商业区繁荣发达，民众的消费能力大大增强，农业与五金业、汽车零部件业、医疗卫生业、食品与服务业都大有发展，旅游文化大有前途。县城里还开辟修建了以张之洞的字命名的香涛公园及凤凰公园、水上钓鱼台公园等，这都是过去做梦也不敢想象的。俺乡俺村的城地与苦水都经过了有效治理，一去不复返了。

再想想沧州，河北，全国，想想八十余年前与现在，王蒙不能不毫无愧色地讲起乡音，念起爹娘，时时祝福、遍体温暖。

好的故事

我听到过不止一位写小说的前辈、同行、后生说过，写小说与娶媳妇一样，是年轻人的事。还有人以多少多少年纪以后再不写小说，表达自己的适可而止，清凉明智。还有一位说老了以后，一想到写小说，烦。

但是2018年年底看到了比我大五岁的号称九秩高龄的徐怀中的长篇新作《牵风记》，新年伊始，又看到了七十大几的冯骥才的长篇小说《单筒望远镜》。我自己呢，新年第一期在《上海文学》发表了《地中海幻想曲（外一章）》，在《人民文学》上发表了《生死恋》。我，对不起，虽然这样说涉嫌嘚瑟，我好像掀起了一个写小说的小高潮，恋完了，曲完了，我立马投入到对非虚构小说的经营，现在，这篇文稿在我的电脑硬盘里猫着。

我对人说，写小说的感觉是找不到替代的，你写起了小说，你的每枚细胞都要跳跃，你的每一根神经，都要抖擞，不写抖擞，写成哆嗦也行。

大冯回答说，写小说的时候有一种成了仙的感觉。

是的，摹写也罢，纪实也罢，你在创造一个世界，你在用语言激活人物和灵魂，情感和想象，你唤起眼泪和激情，关注与猜测。当然，还有好人的与智者的思想。

每次与每次都不一样。六年前《人民文学》上刊登了我的一篇写山村农民的小说，他们的一位编辑接到同学来信，说你们怎么敢用与王蒙名字相同的名字标注作者。他们没有想到我也写农村。这次呢，一位朋友告诉我，如果把《生死恋》的题名放到一大堆小说名目中让她猜，费尽洪荒之力，她也不会想到王蒙的小说起这样一个标题。

我的责任编辑说，她已经把王蒙列入可以开拓出新领域的青年作者名单以内。

王蒙老矣，写起爱情来仍然出生入死。王蒙衰乎？写起恋爱来有自己的观察体贴。毕淑敏告诉我，日本有一种说法叫“成长到死”。那么小说也可以创造到老，书写到老，敲击到老，追求开拓到老。我还喜欢前美国联邦储备局主席伯南克的名言：“所有的故事都是好的故事”，我喜欢这句话，虽然全然不知道他到底什么意思。我的引用是注释我的意思：就是说，包括悲哀与失落，种种经验都可以得到文学的滋润，发芽，长叶，开花，结果。让文学滋润普天下的人生吧。

我出生三年后

从1953年写《青春万岁》时算起，我文学写作已经65年，2019年1月，我的中篇小说《生死恋》与小小短篇小说《地中海幻想曲》（两则）都将发表。那就进入第66个写龄了。

不知道是什么命运，《青春万岁》是写了四分之一个世纪以后才全文出版的。而《这边风景》，是1973年开始写作，过了40年2013年才全文出版的。能耐受数十年的消磨，然后至今仍然出现在书店里、出现在青年的阅读中，这倒是少见的安慰。

回想我出生三年后，1937年，日本军队占领了北京，我的整个小学阶段是在占领军的刺刀阴影下度过的。1945年，第二次世界大战结束，我的爱国主义激情燃烧。1946年，我十一岁多就与中共的地下组织建立了联系，1948年，我破例被吸收为中共地下党员。我是一个入世很深的人，担任过高高低低的各种领导职务，经历过大大小小的挫折，但我坚信自己是彻骨的和坚持一贯的文学写作者。甚至担任文化部部长时候，也没有停过笔。

与一些从事写作的朋友不同，我学生阶段同时极度喜爱数学和文学，喜欢逻辑推理论辩，喜欢语言文字抒情。而少年时代我立志做一个职业革命家。到了1952年，我被“五年计划”所吸引，甚至想去报考土木建筑专业，这些都没有实现。革命的凯歌行进，中华人民共和国的百废俱兴，在一代青少年心灵中激起的波澜，我久久不能忘怀。我还感觉到，这样的青春激情、革命激情、历史激情，未必能长久保持下去，只有文学能延伸我们的体验，能记下生活、记下心绪，能对抗衰老与遗忘，能焕发诗意与美感，能留下痕迹与笑容，能实现幻想与期待，能见证生命与沧桑，能提升与扩容本来是极其渺小的自我。

“所有的故事都是好故事”，很奇怪，这句话不是小说家而是前美国联邦储备局主席伯南克讲出来的。文学使一切都不会被糟践：爱情是美丽的，失恋也可能更动人；一帆风顺是令人羡慕的好运，饱经坎坷的话，则意味着更多更深的内心悸动。获得是舒适的，而失落可能是更好的故事胚芽。甚至穷极无聊的最最乏味的煎熬经验也能成为非同寻常的题材，如果你是真正的文学人。

开始，写作如同编织。如我的诗：“所有的日子都来吧，让我编织你们。”后来，生活遭遇如同传奇故事，荒唐的经历，其喜剧性超过了悲剧性。我始终鼓励着自己，如我的诗：

“不，不能够没有鸟儿的翅膀，不能够没有勇敢的飞翔，不能够没有天空的召唤，不然生活是多么荒凉。”

还有我在新疆的16年经验，我手抄的波斯诗人莪默·伽亚谟的乌兹别克语译文：“我们是世界的希望与果实，我们是智慧的眼睛的黑眸子，若是将宇宙看作一枚指环，我们就是镶在上面的宝石。”

我已经84岁了，中国的说法是青春作赋，皓首穷经。我近年也写过不少谈“孔孟老庄”的经典的书，同时我一直兴高采烈地写着新的小说。只有在写小说的时候，我的每一粒细胞，都在跳跃，我的每一根神经，都在抖擞。

文学是我给生活留下的情书。文学是我给朋友留下的遗言。文学是人生的趣味和作料，辣与咸，酸与甜，稀与稠，鲜活与陈酿。文学，是比我的生命更长久的存在。

我也喜欢德国作家君特·格拉斯对“你为什么写作”的回答：“因为别的事没有做成。”虽然有些小朋友对我的引用表达了遗憾。他们终究会明白，毕竟我丝毫无意贬低文学。

我想念真正的文学

可以说我们现在的文学很繁荣。“文化大革命”前17年，出版长篇小说200部，平均每年近12部。现在，纸质书加网络作品，一年数千部长篇，可多数是消费性的，解闷、八卦、爆料，还有刺激、胡诌、暴力之类。

我想念真正的文学，提供高端的精神果实，拷问平庸与自私，发展人的思维与感受能力，丰富与提升情感，回答人生的种种疑难，激起巨大的精神波澜。真正的文学，满足灵魂的饥渴。真正的文学，读以前与读以后你的人生方向会有所区别。我相信真正的文学不必迎合，不必为印数操心，不必为误解而忧虑，不必为侥幸的成功胡思乱想，更不必炒作与反炒作。

真正的文学有生命力，不怕时间的煎熬，不是与时俱逝，而是与时俱燃，火焰不熄。它经得住考验掂量，经得住反复争论，经得住冷漠对待与评头论足。不怕棍棒的挥舞，不怕起哄的浪涛。

真正的文学充满生活，充满爱情，充满关切，充满忧思与祝福。真正的文学充满着要活得更好更光明更美丽的力量。

不要听信文学式微的谣言，不要相信苛评派、谩骂派的诅咒，也不要希冀文学能够撞上大运。作家需要盯着的是大地，是人民，是昭昭天日，是历史传统，是学问与思考，是创造的想象力，是自己的海一样辽阔与深邃的心。

我的处女作《青春万岁》压了23年，1956年定稿，1979年出版第一版，但是它至今仍然在不停地重印，仍然摆在青年人的案头，仍然是阅读对象，而不仅仅是研究者的文学档案。

我的《这边风景》，初次定稿于1978年，出版于2013年，尘封了35年。作者耄耋了，书稿却比1978年时显得更年轻而且新鲜，哪怕能找出它明显的局限。

我的《活动变人形》初版于1986年，至今已经出版了29年，仍然有新的重印。

我有时发问，文学作品是像小笼包一样新出锅时滋味好？还是像醇酒一样经年发酵效果好？或者二者都是？

文学是一种精神力量，是一种感动，是一种对精神包容空间的开拓，又是一种犀利的解剖与挖掘，还有痛彻骨髓的鞭挞。从文学里可以看出人的恻隐之心、羞恶之心、恭敬之心、是非之心，从文学里可以看出人的度量、智慧、灵活与庄严，从文学里可以看出人的美好或者褊狭，高尚纯洁或者矫情做作。

文学并不能产生文学，是天与地、是人与人、是金木水火土、是爱怨情仇死别生离、是工农兵学商党政军三百六十行产生文学。从中外文学史上看，写作人如果一辈子生活在文学圈子里，或者把自己封闭起来，就太可怜了，他们容易失眠，容易自恋，容易发狂，容易因空虚而酗酒、自杀，还容易互相嫉恨、窝里斗。

让我们更多地接地气，接天气（精神的高峰），接人气，也接仙气（浪漫与超越），接纯净的空气吧。眼界要再宽一点，心胸要再阔一点，知识要再多一点，身心要再强一些。我们绝对不能只满足于精神的消费，更要追求精神的营养、积累、提升与强化。

生活与时间不欺骗你*

不知道是命苦还是幸运，我的两部较有影响的长篇小说，都是命途多蹇，难产几十年。第一部是《青春万岁》，动笔于1953年，定稿于1956年，初版于1979年。它在胎中冷冻了近四分之一个世纪。1957年排好了清样封存起来，原因是政治运动中作者晃晃荡荡，终于落水。1962年再次被否定，理由是书中没有写知识分子与工农结合。

第二部是《这边风景》，动笔于1973年，定稿于1978年，最后出版于2013年，难产达40年。原因是书里突出了阶级斗争、个人迷信、反修等“文化大革命”命题。

前一部，不够革命；后一部，革得太大发了。噫吁嚱，危乎高哉！

然而，两部作品都没有“有疾而终”。《青春万岁》自1979年至今，一直不停地重印，60多年前的迟到作品，仍然

---

* 此文为《这边风景》精装典藏版序言。

活得好好的，仍然获得如今青年人的阅读与青睐，而不仅是研究人员中的历史性重视。似乎是找不到如此幸运的20世纪50年代作品了。

《这边风景》，经过了那么长时间的丢弃，偶然发现，突然发亮，不但有不俗的发行，而且被评为2013年的中国好书、获2014年“五个一工程奖”、2015年茅盾文学奖。

时间是严酷的也是多情的。写《青》时王蒙19岁，写《这》时王蒙39岁，现在王蒙已经81岁，鼓励王蒙写《这》的妻子已经离世，但两部书反而欢蹦乱跳起来。能够经得住时间的冲刷与考验，这是大幸。它恰恰吻合于我当初冒冒失失动起笔来的初衷，我太爱生活了，我希望挽留我的生命经验与体会，挽留那个热火朝天的时代，我想为那难忘的美丽而又短促的一切宝贵与天真、坚决与热烈的日子编织锦绣，开始是用青春的金线与幸福的璎珞，后来是用塞外的风沙与别样的风景。

政治标签是重要的，政治的魅力在于它的明快的概括性与行动性。政治对于生活的把握表现为对各种社会现象的命名、命题。例如对于坏人，古代可能命名为乱臣贼子忤逆，好莱坞喜欢命名为人渣变态，另一种背景下被命名为魔鬼、妖孽附体，我们则会称之为地主汉奸与叛徒间谍。

在一个高度政治化的年代，一部小说的命名与命题，如果不合时宜，会造成敏感与混乱，会导致悲剧性的灾难。但命名与命题又包含着爱憎情仇拼搏打斗，命名命题或真或伪，命运却是完全真实。在文学作品当中，自有它的资源价值。同时文学绝对不仅仅是某种命名与命题的举例与图解。文学是，必须是：充满生机、爱情、人性，充满艺术的感受、想象、迷醉，充满精神能力的飞舞与激扬，并且它需要构成的是充满语言符号千姿百态的活体。

尤其是长篇小说，它不能没有生气贯注的人间烟火，不能没有动人心魄的悲欢离合，不能没有作者的神思妙想，不能没有雕刻般的凸凹实感，不能没有悲天悯人的慈悲或者愤世嫉俗的火焰，不能没有写作的投入与献身，深情与痴诚，哪怕在一时不无矫情的命名与命题标签下面。富有体量的长篇小说，可以帮助你在不得不迁就于命名命题的清规戒律的同时，展开翅膀，展开胸襟，展现广阔，展现深邃，展现某种命名命题的光影下的伟大世界。

所以说，真正的文学有免疫力、生命力、消化力、置之死地而后生的能力。

免疫，是说它体现了、保持了经久不变人生与文学的要素：生活、细节、正直、人道、善良、忠贞、大地、祖国、沟通、智慧，爱与理解，它就可以哪怕是戴着镣铐跳起酣畅淋漓的舞蹈。

生命，就是说它永远栩栩如生，永远如见其人如闻其声，永远用扑面的生活气息吸引你挑逗你趣味你，以审美世界的各种鲜活浸润你抚摸你，使你忘记了针对那时确有的偏颇而做出的简单与浅薄的归零，那其实是同样偏颇蛮横的呆傻总结。

消化，就是说，即使对于强横、矫情也有足够的通透能力，千万不要以为只有仁爱与温良是人性，暴烈的反人性常常是特定情景下的人性的可能。你有可能找到最大公约数，在摇头与顿足之中仍然有两行热泪由衷。“而那过去了的，便是亲切的怀恋”，哪怕它包含着荒唐与遗恨，从而成就为文学的升华与跨越。

艰难是艺术的杀手却更是艺术的催生力量。扎上靠杆靠旗，武生的表演尤其气概绝伦；小一个竹圈再一个竹圈，“钻圈”杂技的软功令人欢呼观止；忍痛用足尖残酷地吃重，芭蕾才显现了迷人的绰约仙姿；定性丑祸，花旦演员仍然在《杀嫂祭兄》里把潘金莲演得勾魂夺魄、死去活来地美丽，血腥而又绞肠刮肚地痛苦。

死而后生，因为它具有的不仅是合时的与避祸的闪转腾挪，更有永远的人性与人生，有自己的绝活与绝知，有货真价实的货色：称得上学问的历史、地理、民族、宗教、人类、文化学、语言学、西域学与边疆学上的钻研、深扎，接通地气与书气，还有独特的发现。

《这边风景》的命运令我向往上述境界。我应该做到，我应该更加努力。我的一切不幸都在成全着我，曲折坎坷乃至失败对于文学创作来说，是莫大的资源。

假如生活欺骗（?）了你，不要心急。毕竟是生活再加上时间感动了你，生活感动了你，也就照耀了你拯救了你与你的文学。

人物

行板如歌

柴可夫斯基好像一直生活在我的心里。

当然与20世纪50年代的唯苏俄是瞻有关系。但是对于苏俄的幻想易破——也不是那么易——对于柴可夫斯基的情感难消。他已经成为我的生命的一部分了。

他之容易接受，是由于他的流畅的旋律与洋溢的感情和才华。他的一些舞曲与小品是那样行云流水，清新自然，纯洁明丽而又如醉如痴，多彩多姿。比如《花的圆舞曲》，比如《天鹅湖》，比如钢琴套曲《四季》，比如小提琴曲《旋律》，脍炙人口，家喻户晓，浑如天成，了无痕迹，它们令人愉悦光明，热爱生命。他是一个赋予生命以优美的旋律与节奏的作曲家。没有他，人生将减少多少色彩与欢乐！

他的另一些更加令我倾倒的作品，则多了一层无奈的忧郁，美丽的痛苦，深邃的感叹。他的伤感，多情，潇洒，无与伦比。我总觉得他的沉重叹息之中有一种特别的妩媚与舒展，这种风格像是——我只找到了——苏东坡。他的乐曲——例如第六交响曲《悲怆》，开初使我想起李商隐，苍茫而又缠绵，缛丽而又幽深，温柔而又风流……再听下去，特别是第二乐章听下去，还是得回到苏轼那里去。他能自解。艺术就是永远的悲怆的解释，音乐就是无法摆脱的忧郁的摆脱。摆脱了也还忧郁，忧郁了也要摆脱。对于一个绝对的艺术家来说，悲怆是一种深沉，更是一种极深沉的美。而美是一种照耀着人生的苦难的光明。悲即美，而美即光明。悲怆成全着美，美宣泄着却也抚慰着悲。悲与美共生，悲与美冲撞，悲与美互补。忧郁与摆脱，心狱与大光明界，这就产生了一种摇曳，一种美的极致。

这也可以说是一种哲学。人生苦短，人生苦苦。然而有美，有无法人为地寻找和制造的永恒的艺术普照人间。于是软弱的人也感到了骄傲，至少是感到了安慰，感到了怡然。这就是柴可夫斯基的第六交响曲的哲学。

在他的第五交响曲与D大调小提琴协奏曲中，既有同样的美丽的痛苦，又有一种才华的赤诚与迷醉，我觉得缔造着这样的音乐世界，呼吸着这样的乐曲，他会是满脸泪痕而又得意扬扬，烂漫天真而又矜持饱满。他缔造的世界悲从中来而又圆满无缺。你好像刚刚迎接到了黎明，重新看到了罪恶而又清爽，漫无边际而又栩栩如生的人世。你好像看到了一个含泪又含笑的中年妇人，她无可奈何却又是依依难舍地面对着你我的生存境遇。

是的，摇曳，柴可夫斯基最最令人着迷的是他的音乐的摇曳感。有多少悲哀也罢，有多少压抑也罢。他潇洒地摇曳着表现了出来，只剩下了美了。

这就是才华。我坚信才华本身就是一种美，是一种酒，饮了它一切悲哀的体验都成就了诗的花朵，成就了美的云霞。它是上苍给人类的，首先是给这个俄罗斯人的最珍贵的礼物。是上苍给匆匆来去的男女的慰安。拥有了这样的礼物，人们理应更加感激和平安。柴可夫斯基教给人的是珍惜，珍惜生命，珍惜艺术，珍惜才华，珍惜美丽，珍惜光明。珍惜的人才没有白活一辈子。而这样的美谁也消灭不了，在火里不会燃烧，在水里也不会下沉。这最后两句话是一首苏联革命歌曲的标题。原谅那些毫无美感但知道整人的可怜虫吧，他们已经够苦的了。

在我的惹祸的《组织部来了个年轻人》中，我描写了林震与赵慧文一起听《意大利随想曲》。《意大利随想曲》最动人之处就在于它的潮汐般的、波浪般的摇曳感与阳光灿烂的光明感。人生太多不幸也罢，浮生短促也罢，还是有了那么迷人，那么秀丽，那么刻骨，那么哀伤，有时候却又是那么光明的柴可夫斯基的音乐。那是永久的青春的感觉与记忆。这能够说是浪漫么？据说行家们是把柴可夫斯基算作浪漫主义作曲家的。

1987年我在意大利的佛罗伦萨看到了柴可夫斯基的故居，在佛市郊区，在灌木丛下有一个白栅栏。可惜只是驱车而过罢了。缘止于此，有什么办法呢？

我宁愿说他是一个抒情作曲家。也许音乐都是抒情的。但是贝多芬的雍容华贵里包含着够多的理性和谐的光辉，莫扎特对于我来说则是青春的天籁，马勒在绝妙的神奇之中令我感到的是某种华美的陌生……只有柴可夫斯基，他抒的是我的情，他勾勒的是我的梦，他的酒使我如醍醐灌顶。他使我热爱生活热爱青春热爱文学，他使我不相信人类会总是像豺狼一样你吃掉我、我吃掉你。我相信美的强大，柴可夫斯基的强大。他是一个真正的催人泪下的作曲家。普希金、莱蒙托夫的抒情诗的传统和屠格涅夫、契诃夫的抒情小说的传统。我相信这与人类不可能完全灭绝的善良有关。这与冥冥中的上苍的意旨有关。

我喜欢——应该说是崇拜与沉醉这种风格。特别是在我年轻的时候，只有在这种风格中，我才能体会到生活的滋味，爱情的滋味，痛苦的滋味，艺术的滋味。柴可夫斯基是一个浓缩了情感与滋味的作曲家，是一个极其投入极其多情的作曲家。

他的一些曲子很重视旋律，有些通俗一点的甚至人们可以跟着哼唱。其中最著名的应该算是第一弦乐四重奏第二乐章——如歌的行板了。循环往复，忧郁低沉，而又单纯如诉，弥漫如深秋的夜雾。行板如歌云云虽然只是意大利语 Andante Cantabile 的译文，但其汉语语词也是优美，符合柴可夫斯基的风格。我写过一个中篇小说，题目就叫《如歌的行板》，这首乐曲是我的主人公的命运的一部分，也就是我的生命的一部分了。冯骥才说本来他准备用“如歌的行板”为题写一篇小说的，结果被我“抢”到了头里。有什么可说的呢！大冯！你与柴可夫斯基没有咱们这种缘分。我不知道有没有读者从这篇小说中听出柴可夫斯基的音乐来。还有一些其他的青年时代的作品，我把柴可夫斯基看作自己的偶像与寄托。

真正的深情是无价的。虽然年华老去，虽然我们已经不再单纯，虽然我们不得不时时停下来舔一舔自己的伤口，虽然我们自己对自己感到愈来愈多的不满……又有什么办法！如果夜阑人静，你谛听了柴可夫斯基的《如歌的行板》，你也许能够再次落下你青年时代落过的泪水。只要还在人间，你就不会完全麻木。

于是你感谢柴可夫斯基。

1995年

想念冰心

与世纪同龄的冰心比我的父母还要年长十来岁，我的父辈已经是她的读者了。我上小学三年级时买了一本旧版的“全一册”《冰心全集》，我至今记得我的父母看到这本书时眼睛里放射出来的兴奋的光芒。

那时我就读了《寄小读者》《英士去国》《到青龙桥去》《繁星》和《春水》，在写母爱、写童心、写大海的同时，冰心同样充满了对国家和民族的忧思。

20世纪50年代我读过她的一些译作，像泰戈尔，像纪伯伦，我真佩服她的博学。

直到20世纪70年代后期我才有机会与她老人家有所接触。她永远是那么清楚、那么分明、那么超拔而幽默。她多年在国外生活和受教育，但是她身上没有一点“洋气儿”，她是一个最最本色的中华小老太太。她最反感那种数典忘祖的假洋鬼子。她80年代写的小说《空巢》里表达了她永远不变的对祖国的深情。她关心国家大事，常常有所臧否。她更关心少年儿童，关心女作家的成长，关心散文创作。她既有知识分子忧国忧民之心，又深知自己的特色，知道自己适合做一些什么，她不是只知爱惜羽毛的利己者，也不是大言不惭的清谈家。

她常常以四两拨千斤的自信评论是非。她说一件事怎么样做就是“永垂不朽”而换一种做法就是“永朽不垂”。她说她不喜欢的一本刊物“只消改一个字就行了”。她的话令人忍俊不禁。她会当面顶撞一些人，说什么“你讲的都是重复”。而对她不喜欢的人不自量力地去求字，她就问：“你带了纸来了吗？你带了笔来了吗？你带了墨来了吗？没有这些，怎么样写字呢？”她说起她的这种“狡猾”摆脱纠缠的故事，她自己也禁不住得意地大笑。

她更乐于自嘲。她刻一方印章“是为贼”——隐“老而不死”之意。她自称自己是“坐以待币（毙）”，她解释说是坐在家里等稿费——人民币。在她的先生吴文藻教授去世后，她说她已经能够做到毛泽东倡导的“五不怕”了，不怕离婚了，此外她已年逾九十，所以不怕杀头，也无官可罢无党籍可以开除。1994年她大病过一场，我去看她，她说：“放心，这次我死不了，孔子活了七十三，孟子活了八十四，谢子（指她自己）呢，要活九十五。”如今，九十五早已超过了，这就是“仁者寿”的意思吧。

然而对于国家大事，她是严肃的，她拿出自己的不多的稿费积存捐赠给灾区人民，她又拿出自己的钱办散文评奖。

她近年身体益弱，有一次我去看她——她连眼睛都睁不开了。然而，无论什么时候她都是清醒的。后来，她的身体奇迹般地又恢复了。有一次我又去看她——她正在接受一家电视台的采访。我劝她，不必满足一切记者的要求，您累了，闭目养神可也。她回答说："那不等于下逐客令吗？那怎么好意思呢？"

我过去说过，冰心是我们的社会生活文艺生活里一个清明、健康和稳定的因素。现在她去了，那么，回忆她、阅读她，这也是一个清明、健康和稳定的因素吧。在遇到困扰的时候，在焦躁不安的时候，在悲观失望的时候和陷入鄙俗的泥沼的时候，想想冰心，无异一剂良药。那么今后呢？今后还有这样大气和高明、有教养和纯洁的人吗？伟大的古老的中华民族，不是应该多有几个冰心这样的人物吗？

1999年3月

永远的《雷雨》

为纪念曹禺先生逝世一周年，北京人民艺术剧院重新上演《雷雨》。我有幸被邀去看，距上一次看《雷雨》，倏忽四十余年矣。上一次是1956年，召开全国第一次青年创作积极分子会议时。（那时为了防止我们这一伙人骄傲，不让叫青年作家。）至今我记得儿童文学作家刘厚明看完于是之、胡宗温、朱琳、郑榕、吕恩等演的戏后对我说的话：“我感到了艺术上的满足。”如今，厚明亦作古八年矣。

我从上小学就看《雷雨》，加上电影，看了七八次，许多台词——特别是第二幕的一些台词我已会背诵。我特别喜欢侍萍回忆三十年前旧事时说的“那时候还没有用洋火”这句话，我觉得现在的演员（不是朱琳）没有把这句话的沧桑感传达出来。我知道《雷雨》的情节与人物家喻户晓。我的缠足的、基本不识字的外祖母，在我七岁时就向我介绍过戏里的人物，她说鲁大海是一个“匪类”，而繁漪是一个“疯子”。

《雷雨》表现了人的与（旧）社会的罪恶，毫不客气，针针见血。戏里表现出来的罪恶主要来源有二，一是阶级，二是性。不但周朴园是剥削压迫工人“下人”的魔王，繁漪也是张口闭口下等人如何如何，把繁漪说得如何富有革命性乃至这样的人可以成为共产党员（请参看拙著《踌躇的季节》）怕只是一厢情愿。《雷雨》是猛批了资产阶级的，比《子夜》揭露更狠，是现代文学史上突出地批判资产阶级的为数不太多（与反封建主题相比较）的重要作品之一。《雷雨》里充满了压抑、憋闷、腐烂、即将爆炸的气氛，这种气氛主要是由于周朴园的蛮横专制造成的。与憋气与闷气共生的，则是一股乖戾之气——早在明朝就有人注意到了弥漫于中华大地上的一股戾气。《雷雨》里的人物，多数如乌眼鸡，一种仇恨和恶毒、一种阴谋和虚伪毒化着一个又一个的心灵。周朴园、繁漪、周萍、鲁贵、鲁大海，无不一身的戾气。当然，大海的戾气是周朴园逼出来的，你也不妨说旁人的戾气也应由周老爷负责——这就是戏之为戏了。实际上，找出了罪魁祸首直至除掉了罪魁祸首之后，各种问题并不会迎刃而解。但是压抑和憋闷再加上乖戾，就是在呼唤惊雷闪电，呼唤血腥，呼唤死亡——有了前边的那么多铺垫，你甚至会觉得不在最后一场死他个一串就是世无天理。从阶级斗争的角度来看，这种情势实际上是在呼唤革命。而从民主主义的观点来看，你也可以说是在呼唤民主——只有民主才能消除憋闷与乖戾二气。

戏里的阶级矛盾非常鲜明。每个阶级都有极端派或死硬派，有颓废派、天真派乃至造反派之类属。这种类属的配置，既是阶级的，又是戏剧——通俗戏剧的。有了这种配置，还愁没有戏吗？所缺少的，大概就是黑社会和妓女了，果然，到了《日出》里，这两类人物便也粉墨登场。

周朴园与鲁大海都很强硬。新中国成立后的处理，加强了对于大海的同情，而减弱了他的“过激”的一面。但曹氏原著，似乎无意将其写成一个工人阶级的代表，他的工人弟兄的叛卖，也不符合歌颂工人阶级的意识形态要求。即使如此，整个压抑异常的戏里，只有大海拿出枪来整他的后老子一节令人痛快，令人得出麻烦与压迫还得靠枪杆子解决的结论。曹禺当时似乎还不算暴力革命派，但是从曹禺的戏里可以看到整个社会的矛盾的激化程度与激进思潮的席卷之势，连非社会革命派的作品里也洋溢着社会革命的警号乃至预报。呜呼！革命当然是必然的与不可避免的了。不管革命会付出多少代价，走多少弯路。不这样认识问题，就有向天真烂漫的周冲靠拢的意味了。

想来想去，全剧最具有人文精神的人物就是周冲，而周冲的表现竟成了讽刺，尤其此次演出，周冲给人的感觉如同滑稽人，着实令人可叹。四凤与鲁妈也够清洁的。但四凤叫人可怜，她的无知与奴性令人心烦——中国人毕竟走过了很长的一段路了。鲁妈更像一个圣者，一个理想主义者，她的撕支票至今仍然放射着反拜金主义的光辉。然而她抵抗不了“世道”，她是失败者，她可以到舞台上表演并赢得观众的同情的热泪，却于事无补；她无法兼济天下，连独善其身也根本做不到。她的质本洁来还洁去，令人想起失败的林黛玉来。她的不抵抗主义，则叫人想起圣雄甘地。她对“世道”的控诉，客观上也是通向革命的结论的。区区世道二字，承担了多少人多少代的仇恨与责任！这两个字在罪有应得的同时，是不是也太容易叫人忘却了自身的问题了呢？而不能自救者，能一定为世道改变所救吗？

对立的阶级都有自己的颓废派，或者叫叛徒，或者叫痞子。鲁贵是痞子无疑，繁漪被父子两代人逼得也采取了痞子手段：从盯梢、关窗、锁门到告密。由于新中国成立后大家喜欢搞两极对立思维，繁漪是划到“好人”这一边的，所以论者大多为贤者讳，不提繁小姐的这一面。周萍也是颓废派，他很痛苦。但此次濮存昕演的周萍，漫画化了，一举一动，观众都笑，连他最后为自杀开抽屉拿枪也是引起观众一阵哄笑，这太失败。濮存昕是一个优秀的演员，所以把大少爷演成这样的小丑，一个是两极对立的思维模式起作用，二是他还嫩，他不理解那种人格分裂的、自己极其痛苦也不断地给旁人制造痛苦的人物。

痞子的特点之一是出戏，它们是一种佐料。正因为人皆不愿痞，人都要约束自己包装自己使自己成为正人君子；这样，潜意识里积存了不少痞能，便想在舞台上看看痞戏，发泄发泄，嘲笑嘲笑，使某些潜能情意结得以释放。很多大人物都有痞的一面，例如刘邦、赵匡胤之类……伟大的齐天大圣，从玉皇大帝的门阀观点看，也只不过是个痞子。生旦净末丑里的丑虽然排行最后，却是不可少的。更出戏的却是疯子，疯而后痛快，疯而后本真，这是对体制也是对文化的抗议——哪怕是半疯或佯疯或被污蔑为疯。繁漪就是应该有一点疯，在如此环境与遭际中不疯才是更大更可怕的精神疾患。而现在的演员把她演得一点不疯，反而减少了她的悲剧性。京剧里也是出来疯子就好看了——例如《宇宙锋》——否则，人人迈着方步，不是大人先生就是“坚陀曼”，还能有什么戏！我观看好莱坞影片已得出结论：中国样板戏的特点是戏不够，（阶级）敌人凑；美国肥皂剧与商业片的特点则是戏不够，心理变态凑。如果不写心理变态者，多少戏剧冲突都没有了呀。曹禺在这些方面，用得很充分。

这就又扯到了性。因为美国影片里的心理变态者多是穷追并杀戮女性。《雷雨》中，阶级的罪恶表现为性罪恶，处理罢工事件云云则只是虚写。而事物一旦表现为性罪恶，就有点原罪的意思了。谁让人这么没有出息，生下来就带着全套家什。而性罪恶中最刺激的一是强奸，一是乱伦。而比较常见的被老百姓谴责的性罪恶是“始乱终弃”。强奸云云，《雷雨》中未有表现。但是乱伦，戏里是写了个不亦乐乎。曹氏很有火候，第一乱是周萍与繁漪，二人并无血缘关系（但大少爷是他爸的亲儿子，所以也挺恶心)；第二乱，周萍与四凤，不知者不怪罪，只能罪天罪命。这就不像西方电影里动不动露骨地讲什么父亲与女儿如何如何，令人讨厌。现在，人们都知道什么弑父娶母的俄狄浦斯情结与恋父的伊赖克特拉情结了；其实要把弗洛伊德的学说贯彻到底，就应该讲讲周萍四凤情结。

《雷雨》里对周氏父子的“始乱终弃”也谴责得很厉害。半个世纪以前，即此戏诞生的年代，性问题上的一个重要观念就是男权中心，女子在性上永远是受害一方，被欺侮的一方，被“始乱终弃”者。同时，社会上又十分男性中心地厌恶与丑化女性之“妒”和此种妒之“毒”。这里既有事实根据，也有传统观念，这些都表现在《雷雨》里了。加上同情与可怜弱者，这戏的主题显得既传统又激进，既从俗又理想，它的价值判断有极大的接受面积。

《雷雨》已经在中国演了近七十年，七十年来长盛不衰。这确实是经典（即古典）之作，哪怕说此剧本有所借鉴，不是绝对地百分之百地原创也罢，只要戏好，就站得住，就大放光芒。其情节、人物性格与人物关系之周密与鲜明的处理，令人叫绝。同时，它的范式包括价值观念符合一个通俗戏的要求：乱伦、三角、暴力（大海与周萍互打耳光、大海用枪支威胁鲁贵)、死而又生、冤冤相报、天谴与怨天、跪下起誓、各色人物特别是痞子疯子的均衡配置、命运感与沧桑感、巧合、悬念，特别是各种功亏一篑、失之毫厘差之千里的“寸劲儿”，都用得很足很满。这种范式很有生命力与普遍性，能成为某种套子，所以别的剧本也可以套用，例如话剧《于无声处》。这种范式却也常常成为此类艺术样式特别是作者自己前进中的绊脚石，它太成功了太严密了太满了，高度“组织化”了，已经组织得风雨不透啦——没有为作者预留下发展与变通的空间。

经典与通俗并非一定对立，在古代毋宁说它们是相通的，如莎士比亚，如中国的几大才子书，如狄更斯。愈到现当代，所谓严肃文艺与通俗文艺愈拉开了距离，真不知道该为此庆贺还是悲哀。

反正现在似乎不是一个古典主义的时代，现在的通俗也商业化得吓人。中国的话剧本来就是后来引进的品种；飞快地走完了人家欧洲百年路程，飞快地并且夹生地走过了经典加通俗的阶段。

说到这里我想起一件有关曹禺的鲜为人知的故事。1980年夏，曹老叫北京市文联（那时，曹兼任北京市文联主席）的人告诉我，他某日某时要到我家去。我当时住在北京前三门一个总共二十二平方米的住房里，闻之深感不安。到了他指定的时间，他老来了，说是来看望“学习”。他说是再过几天“七一”，北京市委要召开一个座谈会，他该如何发言，希望我给“讲讲”。我颇意外，便胡乱谈了谈要强调三中全会精神呀之类的。我当然也借此机会表达了我对于曹老的剧作的喜爱与佩服。我们回顾了20世纪50年代我把一个剧本习作寄给他，他接待了我一次并赏饭的情景。他说："我一直为你担心……"他还感慨地说："这几十年我都干了些什么呀！王蒙你知道吗？你知道问题在什么地方吗？从写完《蜕变》，我已经枯竭了问题就在这里呀！我还能做些什么呢？"他的说法非常令我意外，我也为之十分震动。然而，我无法怀疑他的认真和诚恳，虽然平素他说话或有夸张失实的地方，也有喜欢当面给旁人戴高帽的地方。

关于曹禺新中国成立后未有得力新作，一般认为是由于环境与政策所致，或者如吴祖光先生所说，是由于曹禺"太听话"了，对此我无异议。但是，我想提出一个问题：即除了上述公认的原因之外，是否还由于他的这种经典加通俗的范式使他难以为继呢？这一点，甚至曹禺本人也认识到了，所以他在《日出》的"跋"里说："写完《雷雨》，渐渐生出一种对于《雷雨》的厌倦。我很讨厌它的结构，我觉出有些太像戏了……过后我每读一遍《雷雨》便有点要作呕（！——王加的惊叹号）的感觉。"[①]艺术上到处是悖论：戏不像戏不行，太像戏也不行，因为人们期待于艺术的不仅是艺术本身，人们期待于艺术的是生活，是宇宙的展示，是灵魂的自白与拷问，是人类的良心、智慧、痛苦和梦幻的大火……所谓纯粹的戏剧诗歌小说，往往是颇可观赏的精美的工艺品，而不是大气磅礴的浑

① 《曹禺全集》第1卷，第387页，花山文艺出版社1996年版。

如天成的震撼人心的巨著杰作。这里，《雷雨》是一个例外。因为《雷雨》给人的感觉可不只是一个精美的工艺品，它充满了痛苦、诅咒和恐怖——略略有一点廉价，却确实地激动人心。《雷雨》可说是通俗的经典与经典的通俗。例外虽然例外，它的太像戏的问题却瞒不过曹禺自己。曹禺二十三岁（1934年，也是鄙人呱呱坠地的一年）就写出了戏得无以复加的，生命力至今不衰的，其地位至今无与伦比的，雅俗共赏的（也许实际是不能脱俗的）《雷雨》，幸耶非耶？他后来的剧作乃至生活，究竟有没有突破他自己感到的这个太像戏（经典加通俗）的问题呢？要知道早在1936年，曹禺已经为之作过呕了！

这也说明谁也赢不到、哪部作品也得不到即垄断不了百分之百的点数，甚至《雷雨》这样的红了六十多年至今超不过它的成功之作也不例外；因为自己没有得到满点就怨天尤人或者愤世嫉俗可能是一种过分的反应。

我对话剧相当外行，但曹禺过世后，我一直觉得应该为他写点什么，我爱他的剧作，但又实在不怎么理解他。例如他晚年的一次精彩就相当出人意料。我说的是1993年政协八届一次会议时，他扶病前来与中央领导会见，他发言建议将（当时的）文联和一些协会解散，而他本人就是文联主席。这堪称振聋发聩。呜呼，斯人已矣，何人知之？我的冒冒失失的妄言，有待方家教正。

夏衍的魅力

在大六部口那个漂亮的四合院和陈设简陋乃至寒酸的房间里，我们从来只谈国家、世界、文艺大事。我说：“上星期三，报纸上有一篇重要的报道……”

他说：“噢，不是星期三，是星期四。”

我为他的水晶般的清晰吓了一跳。因为他是夏衍，比我大三十四岁，他加入中国共产党的时候距离我出生人世还有七年。

他永远是那么敏捷，条理，言简意赅，不打磕绊，不模糊吞吐，不哼哼哈哈，节奏分明而又迅疾，应对及时而又一针见血。他的这些特点使你不相信他是一个九十多岁的人。

如果是第一次见面，你也许会为他的瘦削而吃惊，他这个人也像他的思想、语言一样，删除了一切枝蔓铺排，只留下提炼到最后的精粹。据说他从来没有达到过五十公斤，在他的生命晚期，他大概只有三十公斤体重。

然而，他总是明白透彻，一清见底。

他当然是绝对的前辈，然而他从来不摆前辈的谱。他早就担任高级领导职务了，然而他从来不拿哪怕是一点点官架子。说起待遇，他说50年代有一回他出差到某市，当地按照他的级别给他安排了房间，“那房间大得太可怕。”他说的时候似乎还“心有余悸”。80年代初期，有一次邓友梅同志称他与另一位担任领导职务的老作家为“首长”，他立即打断，说：“不要叫首长。”

他真诚待人，渴望吸收新的信息，对于一切新的知识新的动向感兴趣，而且，像青年人一样地幽默，在这方面，他永远不老。

我第一次听他讲话是他在第四次文代会上致闭幕词。与一些官样文章不同，夏老语重心长地讲了反封建与学科学，字字出自肺腑，字字是毕生奋斗经验的结晶，寄大希望于年轻人，令人感奋不已。

各种问题他常有独具慧眼的卓识，例如他说过，新中国成立后前三十年的最大失误是没有搞计划生育。你听了会一怔，再一想实在是深刻：甚至连“文化大革命”这样的骇人听闻的错误也还是可以事后在某种程度上予以弥补和纠正的，人一下子多出来了好几亿，谁有本事予以“纠正”呢？从此，世世代代，后人们就得永久地背起这多出的几亿人口的包袱——后患以至于无穷了。

华艺出版社1990年出版了一个《当代名家新作大系》。出版社领导要我求夏公给写个序。考虑到夏公的高龄，我起草了一个提纲供他参考。夏公给我写了一封信，说是各人文章写起来风格不同，捉刀的效果往往不好，他无法使用我代为起草的提纲，自己一笔一画地另外写了颇有见地而又清澈见底的序言。他还对一个我们都很熟悉的朋友说："按王蒙的那个提纲去写，人家一看，就是王蒙的文章么，怎么会是夏衍写的呢！"就这样，他老人家就把我的提纲"枪毙"了。但可能是为了"安慰"我，他声称他的序言里已经吸收了我的提纲。我也就假装得到了安慰和鼓励，心中暗暗为老人喝彩叫绝。

提起文艺界某些小圈子现象，夏公不火不怒地笑着说："我看他们一个是'鲁太愚'，一个是'全都换'。"他用了韩国两位政治家的名字的谐音，令人忍俊不禁。当然，请韩国朋友们原谅，这里绝对没有对韩国政治家不敬的意思。

然后他又俏皮地说："有些人现在是分田分地真忙了，但是谁知道分了地后长不长庄稼？"

他莞尔一笑，觉得有趣。

他的话传出去了，其实挺厉害。

但我从没有看到过他为了小人得志的事儿发怒，他也从来不向我抱怨诉苦，哪怕是老年人的生理上的病痛。他也从不炫耀自夸什么，从无得意扬扬之态，正如从无怨天尤人之语。他从不谈个人，也不说任何个人的坏话。对于个人之间的亲疏远近恩怨，他一贯认为是小问题，这样我也就不好意思向他抱怨任何人，包括抱怨起来绝对不会冤枉的人。同样，我也从不与他谈我个人处境上的风波，不管风波已经到了什么程度。在我们的频繁接触中，从来没有为个人的事互相关照或者求助。“稀粥事件”他也略表关心，他当然有他的倾向，但是他坚持认为，这只是小事一桩，不足挂齿。上述的“夏味幽默”中的讥讽意味，对于他来说，也就算是到了顶了。他自己还是高高兴兴地过日子。每天他细细地看书看报听广播，只关心大事。

小事当然也有，例如养猫与观看世界杯足球比赛实况转播。70年代初期，与世纪同龄的他居然半夜里起床看球并如数家珍地有所评论，这真是一绝。

在大六部口的住所院落里，有两棵丁香树，一紫一白。1990年开花时节，我去赏花，打从年轻时候我就喜欢丁香。夏老那天也高兴，扶着拐杖出来看花，看小猫在房上跑，他还兴致勃勃地说是它也喜欢石榴花。那场面很像是一幅水墨“新春行乐图”。

人老到一定程度，会有一种特殊的美：那是无限好的夕阳，个性已经完成，是非了如指掌，经验与学识博大精深，知止有定，历尽沧桑，个人再无所求。他无欲则刚，刀枪不入，超脱俗凡，关注人生，原谅一切可以原谅的人和事，洞悉一切花拳绣腿，既带棱带角，又含蓄和解，一语中的，入木三分，一言一笑都那么有锋芒，有智慧，有分量有原则有趣味而又适可而止。

今年元月初，我最后一次在他清醒的时候看望他。我们谈论的是社会治安问题与《人民日报》刊登的胡绳同志的文章：《马克思主义是发展的》。那天他精神很好，坐在椅子上谈笑风生。说“曹操”，“曹操”就到，说着说着胡绳同志进病房来看望夏公来了。据说那是夏公去夏病情不好住院以来情况最好的一天。

倒数第二次与夏公（昏迷前）的见面是去年11月底。他那天十分疲劳，静卧在病床上。他已经卧床数日了。见此情况我稍事问候便起身告辞，以免打搅。夏公平躺着衰弱地说：

“有一个担心……”

我连忙凑过去，以为他有什么话要告诉我。

他继续说：“现在从计划经济转变成为市场经济，而我们的青年作家太不熟悉市场经济了。他们懂得市场么？如果不懂，他们又怎么能写出反映现实的好作品来呢?”

我感到惊讶。在卧床不起的情况下，夏公关心的仍然是中国的文学事业。

他的离去也是颇有自己的独特风格。1995年1月21日，他清晨起来吃早饭的时候就感觉不好，发了点脾气，摔了一样器皿。于是他自觉不对头，找了子女来，从容地、周到地、得体地吩咐了后事。他说，在他九十五岁生日的时候有关方面搞的活动，对于他有一个评价，除去溢美的水分，他自己还是满意的。他希望走了以后，不搞什么活动，把骨灰撒到他的家乡——浙江——钱塘江里。谈到料理后事的时候，他还提到了陈荒煤与王蒙的名字。两个小时以后，他昏迷过去，从此再没有苏醒过来，直到春节休假过后上班的第二天，他溘然长逝。他一辈子清清白白，走也是清清白白地走的。

不知道这里有什么缘分，以阴历计算，我与夏老出生在同一天，即重阳节的前一天——阴历九月八日。我现在住的房子，是夏老住过的。他在90年代初期还特意来他的旧居——我的也已经不算新的房子来看了看。

也许在他走了以后，人们会愈来愈感到他的可贵。中央领导，各部门领导，文艺界，各省市各地方，人们一次又一次地由衷地缅怀夏公，真情流露，涕泪交加，使你觉得人心不死，民气昂奋，冥冥中有大道大义存焉。中国人，中国的知识分子远远不是全部掉进了钱眼里。中国的事业正是大有希望。

许多年轻的与不年轻的文艺家都喜欢到夏公那里去，与他交往令人心旷神怡，温馨而又超拔，光明而又通达，锐利而又沉稳。特别是对年轻人，他是那么充满爱心。我们常常讲什么营造如坐春风的气氛，在夏老那里，那才是如坐春风呢！环顾四周，常有老、中、青的“代”的隔膜，包括我个人有时也为之所苦，不承认隔膜也许更说明隔膜之深。但是想一想夏公，关键还是看自己的思想境界与是否具备应有的长者风范。没有什么可烦恼的了。是的，他聪明而又宽厚，德高望重而又平等待人，洞察世事而又不失趣味乃至天真，直面真实而又从容幽默，我行我素而又境界高蹈，永葆本色而又绝不任性，不苟同更不知道什么叫迎合讨好，不自得也不会被什么大话牛皮吓住。他是铮铮铁骨，拳拳慈心，于亲切中见极高的质地。毛泽东有所谓“脱离了低级趣味的人”一说，说是说了，真正脱离低级趣味的人实在是凤毛麟角。我谓夏公是真正脱离了低级趣味的人。夏公的性格是一种美，夏公的人品与智慧实在是充满了魅力。他的去世令我万分悲伤，但是一旦回忆起他的音容笑貌谈吐识见，我不能不发出会心的满意的微笑。

1995年1月

不成样子的怀念

——我所认识的胡乔木

1992年秋，我结束了在澳大利亚昆士兰州布里斯班市参加华拉纳节作家周的活动，应艺术理事会的邀请转赴悉尼。到悉尼的第一天，得悉了胡乔木同志逝世的消息，当即给他的遗属拍去了唁电。

对某些所谓“中国问题专家”来说，我的反应是出乎他们的意料的。因为，他们习惯以“保守派”与“改革派”、“强硬派”（或鹰派）与温和派（或鸽派）、“正统派”与“自由派”的两分法来划分中国的一些人士。这种简单化的划分，实在与“凡有人群的地方都有左、中、右”的“阶级分析”的方法并无二致。同样的简明，同样的粗糙，有时候是同样正确，有时候又是同样荒谬。按照这种粗糙并有时荒谬的“两分法”和角色的派定，王某人不应该与胡常委（他逝世前担任的最后一个职务是中顾委常委）相互友好。

1981年我第一次接到了乔木同志来信，信上说他在病中读到了我的近作（看样子他读的是人民大学编印的《王蒙小说创作资料》，一本以教学参考资料为名广为行销的“海盗版”书籍），他对之很欣赏。他写了一首五律赠我，表达他阅读的兴奋心情。

不久我们见了面。他显得有些衰弱，说话“底气”不足，知识丰富，思路清晰，字斟句酌，缓慢平和。他从温庭筠说到爱伦坡，讲形式的求奇与一味地风格化未必是大家风范。他非常清晰而准确地将筠读成yún而不是像许多人读成jun。他说例如以托尔斯泰与屠格涅夫相比，后者比前者更风格化，而前者更伟大（大意）。我不能不佩服他的见地。

他也讲到，马、恩等虽然有很好的文化艺术修养，有对于文艺问题的一些有价值的见解，但并没有专门地系统地去论述文艺问题，并没有建立起一种严整的文艺学体系，他说：“我这样说，也许会被认为大逆不道的。”他的这一说法给我以深刻的印象，可惜，也许是顾虑于“大逆不道”的指责，人们未能见到乔公对于这个问题的进一步阐述。后来，我在《读书》上发表的一篇文章《理论、生活、学科研究问题札记》吸收了这个思想。虽然，这篇文章使一些人至今如芒刺在背而难以释然。

我举例问到了关于对毕加索的评价，我想知道他个人是否欣赏毕加索，我也想知道在中国，艺术空间的开拓还要遇到多少阻力和周折。他的回答出我意料，他说：“在我们这样的国家，还难于接受毕加索。”我以为他的回答流露着某种苦涩，也许这种苦涩是我自己的舌蕾的感觉造成的。

我问他对于典型问题的看法，他说，这个问题谁也说不清楚，他说典型是外来语，然后他讲了英语stereotype，他说这本来就是样板、套子的意思。他发挥说，如说高尔基的《母亲》是典型的，但高尔基最好的小说不是《母亲》，而是《克里木·萨木金的一生》。然后他如数家珍地谈这部长而且怪的、我以为没有几个人读得下来的小说，使我大吃一惊。

其后不久乔公对于《当代文艺思潮》上徐敬亚的一篇文章大发雷霆，于是我看到了此老的另一面。他认为徐的文章是对于革命文艺的否定，认为《思潮》这本刊物倾向不好。他甚至不准旁人称徐为“同志”，这使我觉得他处理问题有时感情用事。我告诉他，《思潮》的主编是一位“好同志”，这位同志曾协助省委主要领导做文字工作，等等。乔木的反应是：“那就更荒诞了！”随后，他谈此杂志时的调门略降低了一些。

1983年春节我给他拜年，他读了我的小说《布礼》认定我的爱人一定极好，便责怪我为什么不带爱人来，并且立即命令派车去接。

1982年下半年《文艺报》等展开对“现代派”的批判，高行健的一本小书与冯骥才、刘心武、李陀与我的致高行健的信使《文艺报》等如临大敌。一位日丹诺夫主义的中国传人理论家在会议上大讲“这一场斗争是不可避免”的，另一位负责人也郑重其事地大讲“批现代派的政策界限”，令“犯了事”的作家紧张莫名。连他的亲属也上了阵，讲“党的十二大精神是建设有中国特色的社会主义，而他们要搞‘现代派’!”

乔木同志当时在政治局分管意识形态工作。他当然熟知这些情况，更知道批“现代派”中“批王”的潜台词和主攻目标。1983年春节他对我一再说：“我希望对于现代派的批评不要影响你的创作情绪。”

这一点也很有胡乔木的风格，他要批“现代派”，或不能不首肯批“现代派”，他也要保护乃至支持王蒙，鱼与熊掌，兼得。

这一次会面起到了他所希望起的那种作用。一些人“认识”到胡对王蒙夫妇的态度是少有的友好，从而不得不暂时搁置“批王”的雄心壮志。

胡乔木对张洁的小说与生活也很关切。他知悉张洁婚姻生活的波折与面临的麻烦，他关心她，同情她，并且表示极愿意帮助她。

另一个引起胡关注的女作家是冯宗璞。他读了冯在报上发表的《哭小弟》：宗璞的弟弟是搞尖端科学的，英年早逝。当时中央正在抓中年知识分子的生活待遇与政策落实问题。胡说他读了《哭小弟》给作者写了信。我向他介绍了冯的家学渊源。他后来又接触了一些冯的作品，颇赞赏。胡的艺术趣味偏于雅致高洁，与宗璞对路。他曾经激赏过我的小说《歌神》，却接受不了我的幽默、调侃，也是一证。有一位革命文艺批判家权威，一提起宗璞就气不打一处来。这位权威主要是厌恶宗璞的书卷气与学府生活。比较一下他和乔木的态度，令人叹息。

说到个人爱好，胡喜欢黄自和贺绿汀，把一盒复制的黄自歌曲磁带赠送给了我。并批评音乐界的“门户之见”。胡喜欢看芭蕾舞，并向我建议请舞蹈团以抗震救灾为题材搞一个舞剧。胡的欣赏品位是高的，所以他对文艺界的某些棍子腔调斥之为“面目可憎”。我曾经开玩笑说，胡乔木是贵族马克思主义者，而棍子们是流氓“马克思主义”者。罪过！

与此同时，乔木又不断地劝诫我：在文学探索的路上不要走得太远。1981年，我的小说《杂色》发表后他写信来，略有微词。他又把一期载有高尔斯华绥的一篇评论文章的译文的《江南》杂志寄给我，该文的主旨似亦在主张“大江大河是平稳的，而小溪更多浪花和奇景”。我已记不清了，反正是不要太“现代派”。我想，这对于一心追新逐异的浅尝者们，还是有教益的。

我曾与周扬同志谈起乔木的这一番意思。周立即表示了与胡针锋相对的意见。周主张大胆探索，“百虑一致，殊途同归”。我感到了胡与周的相恶。对于周，我理应在今后写更多的回忆文字。

胡乔木还曾托付一位与我们都相熟的老同志口头转达“让

王蒙少搞一点意识流”之类的意见。我毫不怀疑他意在“爱护”，乃至有“护君上青云”之意。

此后由于我也忝列于某些有关文艺工作的“领导层”之中，便于胡发生了更频繁的接触、交流与碰撞。1985年，作协“四代会”开过，胡一次找我，要我把一篇反对无条件地提倡“创作自由”的文章作为《文艺报》的社论发表。此次，他谈到了他去厦门时到舒婷家拜访舒婷的事，他说他的拜访是“失败”的。我想他的意思是指他未能在政治与文艺思想方面对舒产生多少影响，但我仍然感到，他能去拜访舒婷，如不是空前绝后的，也是绝无仅有的。我甚至于主观地认为，他的“失败”论是一种防护姿态，以免因这一拜访受到某些面目可憎的人的指责。80年代以来，舒婷亦多次受到批评，以“大是大非的问题不能朦胧”为由批判“朦胧诗”，与前述的以“建设有中国特色的社会主义”为由批“现代派”逻辑一致，语言一致，版权归属一致。

据说，胡对于舒婷是很友好的。他说：“如果这样的诗（指舒诗）还看不懂，那就只能读胡适的《尝试集》了。”当然，他不可能“微服私访”，他进行了一次前呼后拥，戒备森严的访问，这也是失败所在吧。诗心相通，谈何容易？

1985年这一次，胡向我表示：“我很担忧，今后像《北国草》（从维熙作品——王注）、《青春万岁》这样的作品没有人写了。”他还表示既赞赏陆文夫、邓友梅的作品又感到不满足。

我接到胡派下来的文章，便与作协诸新老领导共同研究，并组织力量对文章进行了某些增加“防震橡皮垫”型的修改。我总是致力于使上面派下来的提法更合理也更容易接受些。也许我常常抹稀泥，但我仍然认为抹稀泥比剑拔弩张和动不动“断裂”可取。修改稿胡看后表示“佩服”，以编辑部文章名义发了出去。胡于是直接下令包括《文学评论》与《当代文艺思潮》在内的几个刊物限期转载。

他的做法引起了一些议论。于是朱厚泽（当时任中宣部部长）、邓友梅（作协书记之一）和我到正在住院的乔木同志处。我反映了一些意见，胡略有些激动，他说：“作家敏感，我也敏感！”

我谈到那年的一匹“黑马”，到处讲胡要对王蒙如何如何下手。他更激动了，他甚至说：“我怎么可能打倒王蒙？我如果去打倒王蒙，那就像苏联的（政治笑话所描写的那样——王加注）赫鲁晓夫去打倒斯大林，斯大林倒了，也把他自己压倒了……”

他有点拟喻不伦，但也说明他情真意切。这也许透露了他的“一本难念的经”，也许还含有对我当时如“芝麻开花节节高”的态势的讽刺，谁知道呢？

这次见面中邓友梅讲了一些对浩然和有关现象的看法，胡当时没说什么。但事后他表示十分反感。他愤然说，是他特别指示《人民日报》发表了浩然新作《苍生》出版的消息。提起浩然他也充满友善。我于是告诉了他北京中青年作家对浩的友好态度和一些事实，当然，说的是浩然流年不利那几年。他笑了。

和他接触多了，我有时感到他的天真。虽然他是老革命老前辈，虽然他饱经政治风雨特别是党的上层沧桑，但我很难判断他是否入世很深，城府很深。我不知道是否是因为他长期在高级领导机关工作，反而失去了沉入社会底层，与三教九流、黑白两道打交道混生活的机会，他当然很重视他的权力和地位，他也很重视表现他的智识（不仅是知识）和才华，以及他的人情味。这种表演有时候非常精彩。以至于我相信他的去世所造成的损失是无法弥补的。乔公是不二的人物。有时候又十分拙劣，例如自己刚这样说了又那样说，乃至贻笑大方。1983年他批了周扬又赠诗给周扬，他的这一举动使他两面不讨好，这才是胡乔木。只谈一面，当不是胡的全人。

胡乔木很喜欢表达他对知识分子的尊重，也乐于为知识分子做一些好事。他与钱钟书的交往许多人都是知道的。为了“帮助”我不要在“现代派”的“邪路”上越走越远。他建议我去请教钱先生，并说要代为荐介。我觉得由胡介绍我去拜见钱，有点“不像”，便未置词。

胡对赵元任先生的尊重是公开报道过的。

胡对季羡林、任继愈都极具好感。任继愈担任北京图书馆馆长，就是胡乔木提名的。他曾向我称道金克木、王干发表在《读书》上的文章。年轻的王干，竟是乔木说了以后我才知道，并相识交往了的。那年宗璞患病，住院住不进去。我找了他的秘书，胡立即通过当时的卫生部部长帮助解决了这一问题。

给我印象最深的是胡对于电影《芙蓉镇》的挽救。由于1987年初的政治气候，有一两位老同志对于《芙蓉镇》电影猛烈抨击，把这部影片往什么什么“化”上拉。胡给我打了一个电话，要我提供有关《芙》的从小说到电影的一些背景材料。胡在电话里说：“我要为《芙蓉镇》辩护！”他的音调里颇有几分抱打不平的英雄气概。

后来，他的“辩护”成功了，小经波折之后，《芙蓉镇》公演了。

从这里我又想起胡为刘晓庆辩护的故事，刘晓庆发表自传《我的路》以后，电影界一些头面人物颇不以晓庆的少年气盛为然，已经并正在对之进行批评，后被胡劝止。

我又想想他对电影《黄土地》的态度。他肯定这部片子，为它说过话。胡做过许多好事，例如他对于聂绀弩的诗集的支持。胡做这些好事多半都是悄悄地做。“挨骂”的事他却大张旗鼓。这也是“政治需要”吗？这需要有人出来说明真相，我以为。

1989年以后他的可爱，他的天真与惊惧都表现得很充分。该年10月我们相见，他很紧张，叫着秘书作记录，似乎不放心我会放出什么冷炮来，也许是怕这一次见面给自己带来麻烦。

谈了一会儿，见我心平气和，循规蹈矩，一如既往，并无充当什么角色之意，他旋即转忧为喜，转“危”为安，又友好起来，面部表情也松弛了许多。

不久，他约我一起去看望冰心为之祝九旬大寿。他还要我约瞿希贤作曲家与李泽厚一起去。后因瞿当时不在京，李也没找到，未成。我则去了冰心老人那里。他写了一幅字——四言诗给冰心，称冰心为“文坛祖母”。然后又是与冰心留影，又是与我照相。他还讲起他对李泽厚与刘再复的看法，认为他们是搞学术而被卷到政治里的，不要随便点名云云。这是我最后一次与这位老人见面了。后来他寄来了他签名的诗集。

他大概仍然想保护一些人。但是这次已不是1982年或者1983年。他本人也处于几位文坛批判家的火力之下。在一次“点火”的会议上，几个人已经用“大泰斗保护小泰斗”这样的说法攻击乔木。也有的人干脆点出了乔木的名。

据说在一次会议上他极力向批他的人套近乎，说了许多未必得体的话。但反应冷淡。据说还向另一位曾撰文委婉批评他的人大讲王蒙的“稀粥”写得如何之不好。我觉得他已经为与王蒙拉开距离做了铺垫。这与他的与我讲看访舒婷“失败”具有相近似含义。他的这些努力都引起了一些说法。而且，反正他对于意识形态工作的影响，是越来越式微了。

在这篇不成样子的怀念文章最后。我想起了1988年他的一次谈话。当时中央正准备搞一个文件，就对于文艺工作的领导问题提出一些方针原则。就此文件草稿，有关同志送他征求意见。他对我说："要把党领导文艺工作的惨痛教训，郑重总结以昭示天下。"他说得很严肃，很沉痛，对于文件的要求也非常之高。他慨叹党内缺少真正懂文艺的周恩来式的领导人。他要求回顾历史的经验。但他又说："不要涉及《在延安文艺座谈会上的讲话》。"对于最后这个意见，我传达给有关负责人以后，我们一致认为无法照办。

乔木凋矣，但我没有也不会忘记他。我远远谈不上对他有多少了解。也许我的记忆有误，也许我的体会感受有误。当然我写的只是我眼中的胡乔木。也许，一个更深沉、更真实、更完全也更政治的胡乔木，是我没有也无法把握的。但我仍然有义务把这一切写出来，为了怀念与对他的感激。愿他的在天之灵安息！

永远的巴金

在这个星空之夜，巴金走了。

如果设想一下近百年来最受欢迎和影响最大的一部长篇小说，我想应该是巴金的《家》。早在小时候，我的母亲与姨母就在议论鸣凤和觉慧、梅表姐和琴、觉新觉民高老太爷和老不死的冯乐山，且议且叹，如数家珍。

而等到我自己迷于阅读的时候，我宁愿读《灭亡》和《新生》，因为这两本书里写了革命，哪怕是幻想中的革命，写了牺牲，写了被压迫者的苦难和统治者的罪恶。我还记得《灭亡》的扉页上写的取自《圣经》上的一句话，说是一粒种子只是一粒种子，但是如果把它放到泥土里，它自身死了，却会结出千百万粒种子。这话使我十分震动，使我向往泥土，也向往并且震动于献身和牺牲的价值。

“文化大革命”开始以后，我在伊犁，同院有一对工人夫妇，他们找了一本《家》偷偷阅读，读得津津有味，放低了声音告诉我他们阅读的感想。他们现在才知道《家》？这使我觉得他们未免少见多怪。到现在《家》仍然感染着征服着年轻的读者，这又使我赞叹感奋不已。然后我和妻子把书拿过来，重新读一遍，仍然像读一本新书一样心潮澎湃。

我也读过巴金写的与译的《春天里的秋天》《秋天里的春天》以及《寒夜》《憩园》，等等，我深深感到了巴金的热烈的情思，哪怕这种情是用无望的寒冷色调来表现的。甚至在他晚年时候，他写什么都是那样的充沛、细密，水滴石穿、火灼心肺。巴金的书永远像火炬一样地燃烧，巴金的心永远为青春、为爱、为人民而淌血。

只是在“文化大革命”以后我才有机会见到老人，他忧心忡忡，他言之谆谆，他反思历史，他保护青年，他永远寄希望于未来。他远远不像许多作家那样善于辞令，善于表演，善于抖机灵式地卖弄。作为一个作家他太老实，太朴实无华，对不起，我要说是太呆气啦。

他在关于《家》的文字中一次又一次地书写：“青春是美丽的。”所以他特别痛恨那些戕害青年、压迫人性、敌视文学艺术、维护封建道统的顽固派。他看到了太多的不应该不幸的人却遭到了不幸，他充满了感情的郁积。直到晚年，在新中国成立五十周年的前夕，他与张光年同志一起泛舟杭州西湖的时候，他才表示，（由于国家的发展）“现在中国人能够直起点腰来了！”

我在一次又一次的交往中，还从来没有听他老人家讲过一句这种欣慰的话。他太苦了。我从前说过，当代中国至少有两个痛苦的作家，一个是巴金，一个是张承志。这也是先天下之忧而忧，后天下之乐而乐吧。

巴金的作品其实一向直言不讳，拥护什么，同情什么，反对什么，都清晰强烈。一个爱国主义，一个人道主义，是他终身的信仰——这是他在迎接第五次作家代表大会的时候说的。他甚至于讲得有点极端，因为在另一个场合他曾经说自己不是文学家，他拿起笔来只是为了呼唤光明与驱逐黑暗。他喜欢在高尔基的作品中描写过的俄罗斯民间故事，有一个英雄叫丹柯，他为了率领人们走出黑暗的树林，他掏出了自己的心脏，作为火炬，照亮了夜路。所以他一辈子说是要把心交给读者，他是这样说的，也是这样做的。他是一个用心用自己的全部生命来写作，来做人的人。所以提起历史教训来他永远是念念于心，他太了解历史的代价了，他不希望看到历史的曲折重演。在他的倡议下，世界一流的现代文学馆终于建成了，这是“五四”以来的现代文学的丰碑，也永远是巴金老人的纪念馆。没有巴金就没有现代文学馆。他还想纪念与记住一些远为沉重的东西，那样的记忆已经凝固在他的晚年巨著《随想录》里，把记忆和反思镌刻在人们的心底了。

“我已经快要走到生命的尽头了，但是我并不悲观，我把希望寄托在青年人身上……”在他年老以后，他一次又一次地这样说。他像老母鸡一样地用自己的翅膀庇护着年轻人。他与女儿李小林主编的《收获》本身就是勤于耕耘、勇于创新、尊重传统、推举新秀的园地。“要多写，要多写一点……”他一次又一次地对我说。在他还能行动的时候，每次我去看望他，他老人家总要边叮嘱边站立着……走出房门相送，而当我紧张劝阻的时候，他与女儿小林都解释说他也需要活动活动。我们握手，他的手常常冰凉，小林说他的习惯是体温维持较低，然而他的心永远火烫。他不怎么笑，有时候想说两句笑话，如说到张洁的一篇荒诞讽刺小说，但是他的神情仍然认真而且苦涩、无奈。有一次，我看他老态沉重了，便信口开河起来，我说作家之间的无穷内斗可以组织麻将大赛决定输赢，青年热血过度沸腾可以组织摇滚或秧歌大赛，优胜者可以免费环球旅行。他笑了。他用执着的四川口音重复我的话说：“呵？这就是你的救世良策？”他每一个字都吐得那样认真，使我惶恐觳觫无地。事后我愈想愈悔，便打电话给小林致歉并检讨自己的放肆，但是小林说那次见面是他这些日子以来最高兴的一次。唉，他总是那样诚实、谦虚、质朴、无私。他永远踏踏实实地活在中国的土地上。他提倡讲真话提倡了一生，却遭到过诋毁，曰：“真话不等于真理”，倒像是假话更接近真理。现在，这种雄辩的嚼舌已经不怎么行时了，巴金的矗立是真诚的、真实的与真挚的文学对于假大空伪文学的胜出。

想一想他，我们刚刚有一点懈怠轻狂，迅速变成了汗流浃背。

柳鸣九的菜园子风光

柳鸣九的大名早已贯耳。他是法国文学专家、翻译家，是研究法国包括欧洲文化思想的学者，他的视野宽阔。我对他的学术成就有一知半解，更有相当高的敬意。记得在一个场合与他同处，一些学友纷纷被披上了教授、博导的光环，而对他的介绍是他的多少位学生担当了教授与博导。而今有幸蒙他厚爱，读到他的《种自我的园子》清样，他的文学，他的思想，他的语言，笔力深沉与宅心仁厚，仍然给了阅读者以新的冲击，以佩服与享受，以快乐与叹息，以感动与心花的放而不怒。

单单一看名单，他所写的人，就够你焚香敛容敬慕一番的了。马寅初、梁宗岱、冯至、朱光潜、李健吾、钱锺书、闻家驷、卞之琳、何西来、吕同六，还有西蒙娜·德·波伏娃等等，都是我辈远闻大名、未能近观的当代大家。除了鸣九，谁还能这样切近与体贴、捉摸与把握、善意与理解地，有时又是含泪含笑地描写他们呢？而且是栩栩如生，摹写着他们的音容笑貌，问切着他们灵魂的甘苦潮汐。谢谢鸣九，为我们留下了一组大师的剪影，一个时代的高端知识分子的群体风貌。

鸣九不是靠写大人物为自己拔份儿，他不咋呼，不张扬，也没有摆出宣示判词的架势，更没有所谓作家散文的酸溜溜与扭捏态。他多年来与这些学者共事，从大背景入手，从小细节下笔，写出了他所尊敬的长辈与同事在大时代小环境中的人性表现，记了时代，记了人生，记了外表，记了心曲，记了极其平常却是鲜为人知的故事。他的观察细微而敏锐，他的笔力游刃而有余，有直抒，有曲致，有简评，有感悟。点到深处，恰在关节，读来你实在放不下。

他写冯至，本着从系主任到所长的三十年接触，描写了这个学界泰斗日常学术与政治运动中的姿态，还有他本人对这位学术领导的揣摩与感受，整体印象是一个“沉”字：“沉默”“沉郁”“沉稳”“高大实沉”，是“端坐于学术宫殿之中的庙堂人物”，为我们提供了一个识人的角度。对朱光潜的描写令人深思。朱先生是一位以“毅”和“勤”为“突出的精神品质”大学者，“矜持、肃穆、有尊严”，对学术的专注严谨和在学术研究上的坚持，与在被批判时的妥协甚至自我否定的态度，相反相成，构成了不同的人生侧面。可以见出，鸣九对人对时对事，心存同情厚道，他的推导与揣测之语，并不是跟风妄言，也不廉价地搞什么“今是而昨非”。他把共事三十多年的老领导卞之琳定位于“精神贵族”，兼具“党员”“专家”

“领导”“雅士”几种特质，从走路、交往、一句评语，加之学术上的严格要求、偶然走神的意态到“无为而治”的领导方式，使我们看到了一位典型的前辈知识分子的做派，也看到了历史的风云变幻中学者们的不同风姿。

鸣九是长期浸濡于“翰林院”的学者，是游走于中法大师之间的学界专家，著作甚丰，但这并没有使他的脾性稍离地气。他对市井人情的眷恋和情致，自然感人。他深情地描写父亲辛劳克己，以厨艺挣钱培养儿子们“做读书人”；他难以忘怀地记述英年早逝的儿子成长过程中的每一件“傻事”、奇事；他童心未泯地回忆孙女“小蛮女”的趣事种种；他对并非血亲然而养育留学的“另一个孙女”晶晶也充满着长辈的爱意和自豪。

鸣九终究是在中国文化中成长起来的文化人，自称“欧化的土人”，他坚决地、踏踏实实地做着柳鸣九自己，学问再大，文章再好，他不出洋相霸相装相高相和多情相，虽然他早生了华发。他不光生活习惯谈笑举止都是中国范儿，笔法和情感更是中国式的。

他自称要种好自己的菜园子当中计有“亲情篇”“翰林院内外篇”“巴黎名士印象篇”“老门房告示篇”“演辞篇”“人文观察篇”“巴黎之行足迹”“文友交谊篇”“自我篇”等，这是他种植的一行行鲜活的蔬菜，鸣九记人记事，把自己也摆进去，看得深但不冷峻，拎得清但不刻薄，对笔下人物的处境有共鸣，对他们的心境有探求，对他们的评价有理解有体恤。在鸣九识人论事的文字风景中，我们也看到了他自己的内心风景——丰富而又善良，体贴而又关怀，好奇而又多思，尤其难得的是他的笃诚与朴实。

怀念庆炳

童庆炳先生去世的噩耗突然传来，我的第一个反应是：他是在学生当中去世的吧？

我听他在公众场合讲过，他的愿景是，某一天，在课堂上，他倒下了，他走了。这是大美，这是大善，这是他的期待。因为，他热爱教学工作，他爱学生，爱讲台，爱教室。

他永远老老实实，尊重文学，尊重教育，尊重同行，尊重学子。他没有文人惯有的那种夸张与自恋。他从来没有过自吹自擂、张牙舞爪、轻薄为文哂未休的表现。他从来不搞什么酷评，什么骂倒一切，什么自我作古，什么爆破恐吓，什么装腔作势，什么迎合与投其所好。近几十年，这样的文艺评论“家”早就不罕见了。

但是老童亦有“牛”态：他曾经表示，所有中文系课程，他都教过，他都能开课。我在中国海洋大学旁听过他的《文心雕龙》课程，获益匪浅。

我还多次听到过童老师的倡议，他希望小学语文课本的第一课改为《论语》上的话："己所不欲，勿施于人。"他说起这个话题，有一种如今少有的诚笃与认真。在我们的交往中，我体会到他的君子风范，诚恳、善意、克己复礼。包括在家中，他与妻子曾恬也是恩爱有加，令人感动。

他走了，不是在课堂上，如同在课堂上，听说是与学生们一起登山之时。他会有一种满足，与学子们一起，与青年人一起，与攀登的愿望一起。

孔子的伟大离不开他的弟子七十二贤人，童老师的学生阵容也令人赞叹。而他本人是黄牛一样地耕耘着，坚持着，谦虚着与进展着。他的去世引起了很大的响动，当然不是偶然。

余光中永在

“乡愁”诗人余光中先生走了，乡愁时代却没有就此结束。逝者如斯夫，不舍昼夜，在不舍昼夜的逝者以外，重要的是跳动的中国心，还有美丽且鲜明的中国诗文，以及你我的记忆与吟诵活泼如初。

1982年，纽约，圣约翰大学，中国当代文学讨论会。我听到香港中文大学教授、作家、评论家黄维梁先生发言，他高度评价余光中的诗文，而且认为余先生应该获得诺贝尔文学奖。散会后，黄教授将余先生的作品集与黄教授的评论集赠送给我。我一路上饶有兴趣地阅读着，感染着余先生的清晰、明白与真诚。当时，中国人更热衷的是朦胧诗，是诗语言的锤炼与变幻莫测，而这位台湾诗人的诗明白如话，深入浅出，不做作。我甚至觉得他的诗还欠一点发酵与点燃。

不幸的是，飞机经停东京成田国际机场，我下来稍事休息，再登机，两本书被机上的清洁工清理掉了。责任在我自己没有将它们携带下机，我觉得郁闷。我似乎先验地对不起他与黄教授。

1986年初，又是纽约，我作为国际笔会嘉宾，在第四十八届年会上碰到了余先生。我们握手问好，文明礼貌，同时，保持着难以没有的戒心与距离。

1993年，我参加《联合报》召开的海峡两岸和香港文学四十年讨论会，我与余诗人，是仅有的做晚餐演讲的主讲人。我听到他的演讲的两个主题，一个是说小岛也能产生大作家，一个是他严厉抨击所谓台语写作的自我封闭的愚蠢与狭隘。他有他的天真和明朗之处，他有他的红线。

此后大陆的改革开放与两岸关系有了长足进展。我们见面的机会越来越频繁了。而且余先生在大陆文坛，有了越来越高的威望与越来越大的影响。记得轻易不夸奖谁的四川资深诗人学者流沙河就对余的作品评价甚高。邀请余光中访问做客的大陆文学团体与大学越来越多。有一个笑话，说是南京大学邀请了余与其他几位台湾诗人到访，打的横幅是“热烈欢迎余光中先生一行”，有一位也是台湾资深诗人的客人，长得高高大大，他一到场，立刻被青年学生围上，唤道：“您是余先生吗？”他回答：“我不是余光中，我是‘一行’”。

2001年，我参加香港中文大学“新世纪征文”活动，与白先勇是小说终审评委，而余光中是文学翻译的终审评委。我们变成了同事。

2006年，评出第三次征文的优胜者以后，我还参加了香港中文大学授予他荣誉博士学位的活动。会后，我把他与白先勇及文学院副院长、翻译家金圣华教授请到了青岛中国海洋大学做客，还举行了包括余先生作品在内的诗歌朗诵会。他的《乡愁》再一次赢得了热烈的掌声与欢呼，而他的英语诗朗诵，尤其令人赞美。他是我听到过的国人中不列颠式英语发音的佼佼者，从他那里，我感觉到的是不列颠之梦。

而他喜欢我的诗《不老》。他给海洋大学王蒙文学研究所题字："从伊犁到青岛，拾尽大师的足印。"

中间的2004年，我们还应邀到海南师范学院与黄维梁先生一起做关于散文的座谈，主持人是海师的喻大翔教授。学生听众极其踊跃，活动在体育馆举行。谈到我此生读过的最好散文时，我说是马克思、恩格斯合著的《共产党宣言》。而余先生说，诗是他的情人，散文是他的妻子。

他的学养很好，21世纪初，我访问爱尔兰的时候在都柏林欣赏了爱尔兰的话剧团演出的王尔德名剧《莎乐美》，回北京后我从国家图书馆借到了余光中翻译的《莎乐美》，书中附有他谈文学翻译的文字。我在香港、青岛的大学也亲耳听到了他讲翻译的课。他有在美国求学与任教的经历。他关于中英文比较的文章极有见地，例如他不赞成由于英语的影响而在中文写作被动态语句中滥用那么多"被"字，饭吃了，水喝了，当然用不着说成饭被吃了与水被喝了。他说的这些文字上的毛病我也有。他的英语很高明，他的中文很地道，绝对不带翻译调调。好得很，即使从这里，也看出他的中国心与大陆情结。

他定居在高雄。他在中国台湾反对过可能有某些左翼色彩的乡土文学，还说过什么“狼来了。”然而，他的后半生在他的诗中惦念缠绕的长江黄河华山，济南南宁……到处留下了他的音容笑貌。他说，他要住在中国台湾的西部，从窗子上望出去，就是故乡，而如果住在台东，看过去是美国，有什么意思？当然，他的梦与愁跟你我一样在中华，不在美利坚也不在不列颠。

文化是一种力量。文化是一种分野。文化是一种天命。余光中走了。我想着应该怎么样安慰与他同命运六十余载的夫人范我存……两岸各地友人与读者怀念着他，默诵着“乡愁是一方矮矮的坟墓，我在外头，母亲在里头”。外头里头，情意超越生死。长江黄河，奔流澎湃汹涌。中华是屈原、李白、杜甫的中华，也是鲁迅、艾青的中华，还是余光中、郑愁予，以及欢迎他们接待他们一行的男女老少的中华。余光中永在，中华诗歌永存，乡愁永远，仍然是那么明白，那么简单，那么深情，那么不可抗拒也不可分割。

不忘金庸

我说过，前一百年，后一百年，写武侠小说的，大概不会有谁超得过金庸。

他在武侠套路之中，加入了更多的人情世态，善恶炎凉，文化历史，地域风情，社会沧桑，还有，性格命运。

读《笑傲江湖》读到一位资深侠金盆洗手仪式没有做完就被对立面真刀真枪杀将过来，读到主人公音乐上的知音好友，由于门派不同，只有在重伤将死时候才合作奏响了感人的乐曲，还有他书中将受疑的无辜者赶出教门的故事，我都落了泪。虽然新中国成立前我曾熟读宫白羽、郑证因、还珠楼主……读武侠而落泪，仅此而已。

2003年，我在香港浸会大学讲课，有两次机会与金先生对谈。一次在学校讲人生哲学，他支持我的“好人有所不为，坏人无所不为”的说法。在三联书店谈我的《红楼梦》评点本的时候，他也同意我对胡适嘲笑衔玉情节的微词。我感谢他的支持。

他温文尔雅，才华横溢，他不是空头文学家，而是一个能做事、大成功的人。他的去世在中国一国四地与全世界华文阅读圈子内，引起了普遍的悲伤与怀念。

金庸大侠走好！

今天格外怀念您

提起新疆，我们会马上想到一个名字：赛福鼎·艾则孜。我同时会想起他的上唇短髭，想起他含蓄的笑容，想起他从容坚毅的举止与永远的深思，特别是他与人为善、与民为善、与友为善的关切与倾听的表情。

今年是赛福鼎同志诞生一百周年。从青年时代参加反对旧中国反动政权的农民斗争开始，到留学苏联，参与发起“三区革命”，与全国的人民革命运动汇合，长期在新疆从事自治区党委与政府的领导工作，多方面关心与推动新疆维吾尔自治区的发展进步，关心与凝聚新疆各族人民的团结，他是新疆革命、社会主义建设、安全与团结统一的一面旗帜。他也长期从事国家的立法与政治协商领导工作，是全国民族团结、和谐稳定、爱国主义、社会主义的一个代表人物。

前不久我有幸看到了即将播出的电视文献纪录片《赛福鼎》，让我想起了他的八十多年峥嵘岁月，温习了阿图什、喀什、伊犁、塔城、阿勒泰、乌鲁木齐……天山南北的壮阔风光，回顾了从20世纪30年代至今的历史进程，看到了在这样一个复杂敏感错综矛盾的地区，在那样一段风云变幻、浪涛翻滚的时代，屹立着、战斗着、辛劳着的赛福鼎同志的身影。我感觉到的是丰富，是充实，是历史的庄严与坚定，是以赛福鼎为代表的新疆人的艰难与勇敢，贡献与智慧。

这是一部生动火热、别有特色、大开眼界、引人入胜的文献片。温故知新，它有助于我们了解新疆，珍惜新疆，支持新疆，发展新疆。看了此片我们会更加了解国际国内、疆外疆内各种麻烦的历史渊源，也更加珍重赛福鼎同志等老一辈革命家、老一辈共产党人对于新疆与全国社会主义事业的披荆斩棘的开拓，对于边疆事务的准确把握与妥善处理，对于民族、宗教、建设、自治与团结统一政务的成竹在胸与指挥若定。

我也想起在赛福鼎同志生前，我所获得的与他有所接触、有所请教、有所相知的机会。早在“文化大革命”前与“文化大革命”当中，我有幸听到过赛福鼎同志关于维吾尔文不要随意受苏联某些中亚地区加盟共和国的语言文字的影响，滥加助动词的指示。作为领导而能如此咬文嚼字，难能可贵，我对他的文质彬彬印象深刻。

20世纪70年代，我所在的新疆维吾尔自治区文联在“文化大革命”后期被解散以后，得到他的保护与关心，并以文化局创作研究室的名义恢复了存在，继续进行自己的业务，这也是我的幸运。我更有幸从我的文友铁衣甫江、克里木·霍加与创作研究室主任阿布拉尤夫那里分享到以赛福鼎同志为代表的自治区领导对于作家学者的关怀与帮助。我的2014年获“五个一工程奖”的七十万字长篇小说《这边风景》就是在这样的关心与特许下写出来的。

我还有机会欣赏赛福鼎同志亲自关心与指导下完成的维吾尔语版《红灯记》演出，这个版本非常成功，我一直期待有重新欣赏的机会。赛福鼎还亲自抓了新疆大歌舞《人民公社好》。随着政策的调整，农村的社会生产组织形式有了相当大的变化，但是以富有维吾尔民族特色的歌舞表达对于新生活的热爱，对于传统民族文化遗产的弘扬，对于地方特色与民族特色的保护与提高，都是应该肯定的。我也有机会多少参与赛福鼎同志本人的文学创作活动，如他的诗歌的翻译、他的长篇小说《苏图克·博克拉汗》，以及他十分热情地计划但最后没有完成的以“三区革命”中的阿巴索夫为素材的戏剧创作，等等。我为他的理想追求、一往情深与对于语言文字的倾心锤炼而感动。除了是新疆与国家领导人之一以外，我始终认同，兼任过自治区文联主席、新疆大学校长与全国文联副主席的赛福鼎同志是文化人的知己，是我们的同行，与我们的心连在一起。

20世纪70年代末，我回到北京工作，与时任全国人大常委会副委员长的赛福鼎同志有了更多的接触机会。我难忘他对于自己经历的回顾，他不无慨叹地说到曾经学医，后来倾心于文学，到苏联又学习了教育学，最后主要精力投身于政治生涯之中。我感到，他本人是个始终尊重知识、追求学问与艺术的知识分子，在他身上表现了维吾尔人民对于知识分子的特别的期许。他一贯关注新疆各族人民学习提高、走向现代化与知识化，他一直尽力争取在培养体育选手、培养飞行员与一些专门科学技术人才的项目中，要给少数民族男女青年更多的名额与机会。在我到文化部工作以后，他多次与我谈到，希望以“十二木卡姆”的音乐素材为基础，创造出更能走向全国、奉献世界的以西洋乐器为演奏主体的交响乐来。

赛福鼎同志热爱新疆各民族传统文化，没有他的努力，“十二木卡姆”不会取得今天的成绩与地位。同时赛福鼎同志绝对不保守，他最最担忧的就是新疆的某些民族，在现代化事业中落到后面，被狭隘、愚昧、迷信、极端的落后文化思潮所裹胁，在全国大步走向社会主义现代化的过程中，边缘化、停滞化、格格不入化，从而成为赶不上趟儿的落伍者乃至成为现代化的对立面。

历史需要并选择了赛福鼎，人民与中国共产党需要并选择了赛福鼎。赛福鼎是新疆的革命、进步、发展、团结、稳定与整个国家统一的一个重要因素。我们在文献片中看到，开国大典时毛主席把赛福鼎拉到了自己身边，看到那个要骑着毛驴去北京的库尔班·吐鲁木终于给毛主席戴上了民族花帽……我们不能不感受与怀念时代的真挚与光明，不能不赞叹“我们新疆好地方”！

赛福鼎同志离开我们已经十多年了，我们会想到，如果他在，他将怎样与党和人民一道来应对今天遭遇的新课题与新挑战，将怎样为祖国为新疆各族人民而继续奋战。我相信，我们将从对他的怀念与回顾中取得经验、力量和智慧。

今年，赛福鼎同志百年的纪念活动对于全国与新疆是一件大事，是一件极富现实意义与针对性的好事。纪念赛福鼎，学习赛福鼎，新疆各族人民，定能克服当前的某些困难，走上更加光明进步幸福的坦途！

交如水、心如炽

——纪念木文同志

木文同志去世了，参加了他的葬礼，应该写点回忆怀念什么的。但是我迟迟写不出来，因为，我们的交往接触似乎很有限。

1986年4月，我以新任党组书记的身份开始在文化部上岗。当时的副部长与党组成员有宋木文同志。

宋木文同志给我的印象是心有定见而温文尔雅、独立思考、肯动脑筋而又中规中矩、稳稳当当，是非分明而又有所内敛，并无所谓"官场"的机灵与世俗，更没有那种弯弯绕与太极推手。对于出版方面的工作，我完全信赖与依仗木文的处理，掺和得很少。

那个时期文化工作上歧义很多，一会儿说要出胡适的文集，一会儿说不能出；一会儿说邓丽君要来大陆演出，一会儿说不要她来或者纯系谣言；包括一篇小说，一个杂志封面，都可能有颇有来头的不同说法。当时还有一种说法叫作"轮流高兴”，以致“轮流住院”，用现在的网语就是轮流“喜大普奔”或轮流“不明觉厉”；当然这种胡闹词的出现也许更应该对之迎头痛击，在它们被痛击消灭前暂时用一下，聊为自嘲罢了。

遇到这种歧义，我们都是尽量平衡处理，尽量保持工作秩序与和谐稳定。我们的态度是一致的，除了比较恭整平衡的文化心态与工作心态以外，木文还特别肯定过我的“严守纪律”的特点。他也只是低声轻轻这么说过一句，并无赞誉表扬之意。然后，各自忙自己的事务去了。九个月后，新闻出版工作机构与文化部脱离，他到新闻出版署当副署长、后来是署长去了。

仍然会碰到一些事情。像“稀粥”事件，他掌握的火候无懈可击，实事求是、与人为善、照章办事、具体分析、不为已甚。不必说那些细节了，有些事一时丁零咣当，事后看来早就应该忘到九霄云外。

我们联系不多，君子之交淡如水。君子不君子不必自诩，淡如水是真的。三十多年过去了，我给他拜过一次年，他给我打过电话也写过两三封信。但是那么少的接触中彼此却有一个理解与契合，互相有一些见解与共鸣，颠扑不破——这似乎更加珍贵。

我在花城出版社的第一部回忆录《半生多事》出版后，寄了一本给他，他非常兴奋地复信，还说到“三好”（好党员、好作家、好干部）的评价。

我在安徽文艺出版社出了《中国天机》以后，他写了书信体的评论在《读书》杂志上发表，还出席了有关此书的座谈会。

我在全国政协担任文史与学习委员会主任的时候，曾经邀请他参加联谊与节日活动。我们也在一些场合会面，我一直觉得他身心俱健，精神矍铄，乐观通达。他的生病与辞世使我深感意外。那么多同仁好友来为他送别，也绝非偶然。

他是一个正派的人，深思的人，负责的人，善意的人。水平不在声调，文采不在多言，友谊不在拉扯，交流不在频率与项目。在淡如水的来往中我体会也感激他的炽热的心。他走了，他的良好品德、忠诚形象与高尚教化永生。多么希望党内多一些这样的好同志啊！

书海掣鲸毛泽东

毛泽东爱读书，读了很多书，这是大家都知道的。但读了陈晋主编的《毛泽东读书笔记精讲》，还是有振聋发聩、醍醐灌顶之感。一个忙于各种事务的党的最高领导人，读书多到如此地步，没有想到。《精讲》附录列出毛泽东一生阅读和推荐阅读的31个书目，就占用了94页篇幅（而这当然不是他一生阅读的全部），琳琅满目、浩瀚汪洋，令人愕然肃然。再看看毛泽东早年所发出的“读奇书、交奇友、创奇事，做奇男子”的心愿，他是说到做到了。毛泽东是书海、人海、政海、民族抗争之海的弄潮儿，波涛万顷，千帆竞发，兀立潮头唱大风！他读了古今中外多少书——读了“四书五经”，读了二十四史，读了楚辞汉赋李白杜甫；还读了西方启蒙新学、马列经典、哲学、历史、自然科学；而且也读了少为人知、稀奇古怪的各种闲书杂籍。他眼到口到手到心到，写下那么多读书笔记，抒发那么多有趣的评论。他从实践出发，以书为机场跑道，起飞升高，翱翔万里，睥睨天下，在书海内外掀起风波，激起浪潮，真是亘古少有的奇观。

书海弄潮

毛泽东是坚定的唯物史观信奉者，他坚信人民是历史前进的动力，他提出密切联系群众是共产党的三大作风之一。但不能不承认，他是一个早早立下鲲鹏之志的伟人。在20岁的1913年，他就写下了读《庄子·逍遥游》的感想。庄子说："且夫水之积也不厚，则其负大舟也无力"，毛泽东读后，"叹其义之当也"。他举李鸿章为例，说李是"置杯焉则胶，水浅而舟大也"，处理国务，总是失败，如大舟行于浅水。毛泽东明白，仅有大志未必有用，为了避免置杯而胶着于水底，避免"志大才疏"，必须早早准备大水大海，使积也厚！什么是水什么是海？书中自有洪波涌，书中自有大浪翻！读万卷书，行万里路，毛泽东做到了"踏遍青山人未老"，更做到了以有涯逐无涯地读书到生命最后一息！

毛泽东深感我们的国家、我们的党、我们的干部"书养"太薄，他一次次呼吁，在各种会议上发放书籍册页，劝读、分享。把党建成学习型、读书型政党，这个在世界政党史上罕有的提倡也是从他开始的。

毛泽东不是天生的英雄，也不是一蹴而就的马克思主义者，他是从实践中摸爬滚打出来的，是在打击挫折下成长起来的。这个过程中，他不断地读书，武装头脑。《精讲》使我们看到一个革命家丰满充实的读书轨迹。

毛泽东是随着实践要求、身份转换而选择所读之书的。他的朋友、同学周世钊回忆："毛泽东的思想大转变，是1915年读了《新青年》之后"，那时，他从阅读经史子集的兴趣中走出来，站到了改造中国新思潮新实践的探索潮头。接触了服膺了马克思列宁主义后，他从此再无犹豫，以"吾道一以贯之"（孔子）和"目标始终如一"（马克思）的精神读书、学习、实践。他一生阅读最多的是马列、哲学和文史三类书。一本《共产党宣言》，他读过100多遍。同时对中外理论家们的各类著作也广有涉猎。毛泽东把懂哲学看作是干成大事的必备条件，他说："马克思能够写出《资本论》，列宁能够写出《帝国主义论》，因为他们同时是哲学家，有哲学家的头脑，有辩证法这个武器。"

毛泽东读史，以叛逆的姿态，从书海中寻找真理更挑出谎言。他不大喜欢无用儒术，更不喜欢天子神话，他宁愿得机会就表彰共工、盗跖、秦始皇、刘邦、曹操、马周、黄巢等来自基层的进取有为人物。他渐渐得心应手地以革命理论与书本知识联系中国实际，以中华文化与世界文化的睿智思考实际问题，不断消化，不断发挥，不断调整，不断创新发展，终于成为通古今之变、成一家之言的革命家、思想家。

天马行空　独立鳌头

毛泽东是革命家、政治家、思想家、理论家、哲学家、军事家、诗词家、书法家，还是“读书家”。能与他的执着于革命相比拟的是他的执着于读书。早在延安他就说过，“如果我还能活十年，我一定读书九年零359天”（按：中国老历法一年是360天）。根据《精讲》，他最后读书是在1976年9月8日读了约30分钟《容斋随笔》，此时距他次日凌晨0时10分去世仅6个小时。读书是他事业的需要，也是他生命的需要。“我读故我在”，他的读书是一种生命体征，是他的存在感的验证，更是他的思想、精神、灵魂活跃于天地间的征兆，或可称为“魂征”。

毛泽东深感中国共产党员、党的领导干部需要读书，更需要在实践中用出门道。正如《精讲》序言《学用之道——毛泽东书山路上的风景》中的精彩表述，他要“将有字之书”与“无字之书”结合起来读；既入书斋，又出书斋；“将书本知识转化为认识，将认识转化为智慧”。世上善读书苦读书的学者多了去了，有几人能像他读出那么多风景？能像他读出人民的痛苦，读出革命的路径选择从而大获全胜？世界上革命家政治家兼读一点书的人也多了去了，有几个能像他那样读得说得干得都如火如荼，惊雷闪电！

毛泽东不是书呆子，最瞧不起本本主义，他说过“教条主义不如狗屎”，“读书比杀猪容易”。他把“本本”读活了，他自己的说法是，当书的“联系员”与“评论员”。他读一本书往往兼及一类书对照读，他的读书评论妙语连珠，不但有的放矢而且独辟蹊径。他谈书论理从来都保持着自己的主体性、挥洒性、批判性。他有所专注、赞赏、选择、借题发挥、高谈阔论，也有所拒绝、蔑视、嬉笑怒骂。

比如毛泽东读宋玉《登徒子好色赋》，指出宋玉“攻其一点，不及其余”的“罪过”，同时独步地指出登徒子与丑妻恩爱有加正是实行“婚姻法”的模范。毛泽东的分析不落俗套，又确实为登徒子戴了多年的“好色”帽子说了公道话，给了宋玉此赋巧言令色、抹黑他人的批评。在他的建议下，《登徒子好色赋》作为文件之一印发给1958年1月南宁中央工作会议的与会领导干部。联系历史背景，毛泽东要表达的，就是他说的，“并不反对对某些搞过头的东西加以纠正，但反对把一个指头的东西当作十个指头来反”，他觉得需要为正在发展的实践寻求文化依据。

出入于书海，毛泽东能够自如地登高壮观天地间，挥洒肯綮与豪迈的才思，发挥他的大志大智。他有时是天马行空，有时是别具一格，有时是彻底推翻，有时是举一反三，有时是一通百通，有时是欣赏愉悦，有时是怒火义愤。他有所主张，有所热爱，有所痛恨，有所希冀。他在读书中激励意志，激荡思想，激动情感，激发灵感。

紧扣实践　读出真见识

毛泽东博览群书不是“翡翠兰苕上”的文人自赏，而是有“掣鲸碧海”的大作为大志向。他看重的是中国革命的伟大实践，把学用之道发挥得出神入化。

读史记《高祖本纪》《项羽本纪》《郦生陆贾列传》等，毛泽东认为，在楚汉战争中，项羽兵力远胜于刘邦，却屡失机会而败，“不是偶然的”，项羽最致命的缺点是“不爱听别人的不同意见”，而刘邦“豁达大度，从谏如流”。他的结论是，“项王非政治家，汉王则为一位高明的政治家”。他告诫说，我们的同志中也有这样的情况，“如果总是不改，难免有一天要‘别姬’就是了”。毛泽东认为项羽有“沽名”的弱点，为免负“不义”之名犹豫不决，但也赞赏项羽的羞耻之心，他在1948年为新华社写的述评说：“蒋介石不是项羽，并无‘无面目见江东父老’那种羞耻心理。”

纵览中国历代开国统治者的业绩，毛泽东得出“老粗出人物”的感慨。当然他也说，没有知识分子的帮助不行。他分析楚汉战争：“刘邦能够打败项羽，是因为刘邦和贵族出身的项羽不同，比较熟悉社会生活，了解人民心理。”这使人联想起毛泽东在谈到“左”倾教条主义者时说：“他们不知道人活着要吃饭，打仗会死人。”

读《南史》，毛泽东为梁武帝手下的将领陈庆之而“神往”。陈庆之出身寒门，以少胜多、战功赫赫；仁爱百姓，克勤克俭；忠正刚直，在不被信任的情况下秉忠进谏，在有人对他有拥立之意时断然拒绝。毛泽东视陈为楷模，还称赞梁武帝名将韦睿是“劳谦君子”，号召“我党干部应学韦睿作风”。读《旧唐书·刘幽求传》，对于刘幽求不择手段谋求官位，打击异己，削贬后“愤恚而卒”的记载，毛泽东指出他心胸狭窄，“能伸而不能屈”。读《资治通鉴·汉纪》，蜀汉谋臣法正有利用权力泄私愤之劣迹，有人劝诸葛亮向刘备汇报，诸葛亮则以当时大环境不利于蜀国，而法正正辅佐刘备一图霸业，不能因为小事就限制他。毛泽东同意诸葛亮的看法，批道：“观人观大节，略小故。”由此可以看出毛泽东的用人之道。正如《精讲》所说：“毛泽东读史真是读到了骨头里，历史的精髓尽取。”

毛泽东延安时期提出的“改造我们的学习”的主张，也正是他自己读书的追求与要领。他指出：“不注重研究现状，不注重研究历史，不注重马克思列宁主义的应用，这些都是极坏的作风。”他读马恩列斯，更重视列宁与斯大林，因为后二人有革命与建设社会主义的实践。他读苏联哲学著作，但是从一开始就认为那些著作对矛盾的统一性同一性讲得不明白不到位。直到斯大林的错误被揭露出来，他重视从斯大林的思想方法、哲学观点、辩证法掌握得不到家，直至陷入误区等方面找原因。他在思想方法上一直注意克服片面性，克服形而上学；在治党治国上一直警惕脱离人民、腐化堕落，使共产党变质成为人民的对立面。他谈文学，喜欢描写反叛斗争、抑强扶弱，站在被压迫被剥削者一边的作品；读《水浒传》，他说："没有法子，才上梁山。"他喜欢那些百折不挠、豪气冲天的文人诸如屈原、李白等。毛泽东非常喜欢鲁迅的作品，《精讲》辑录的关于鲁迅作品的笔记和讲话有9篇之多。毛泽东认为"鲁迅懂得中国"，他极其赞同鲁迅在《门外文谈》中"老百姓也可以创造文学"的观点，他号召全党学习鲁迅的政治远见、斗争精神和牺牲精神。

毛泽东对《红楼梦》的评价很高。他1956年在《论十大关系》的报告中说：中国"除了地大物博，人口众多，历史悠久，以及在文学上有部《红楼梦》等以外，很多地方不如人家，骄傲不起来"。他读《红楼梦》，是"当作历史来读的"，读出了阶级斗争、生产关系、封建与反封建、四大家族盛衰兴亡。但切不可以为毛泽东只会从政治历史方面品味文学作品，他对《红楼梦》无以复加的高看，还因为他认为其"语言是古典小说中最好的，人物也写活了"。他对许多文史篇目的批注，都反映了他的文学造诣和审美高度。

关于毛泽东对儒家学说的复杂态度，《精讲》给予了梳理，使人们对此有一个全面了解。毛泽东对儒家学说并不欣赏，但他从未简单绝对地否定孔子。他常把孔子及其学说从道德和哲学层面分开分析。他说："孔孟有一部分真理，全部否定是非历史的看法。"（1943年）"我们共产党看孔夫子，他当然是有地位的，因为我们是历史主义者。"（1958年）他说："说孔子的功绩仅在教育普及一点，他则毫无，这不合事实。"（1939年）对于孔子的"正名"说，他同意从观念纲领上予以否定，但他认为从哲学上说是对的，"一切观念论都有其片面真理，孔子也是一样"。对于孔子"过犹不及"的命题，他认为这种中庸观念本身不是"发展的思想"，体现了保守性；但从哲学上说它"是从量上去找出与确定质而反对'左'右倾则是无疑的"，他还说这"是孔子的一大发现，一大功绩，是哲学的重要范畴，值得很好地解释一番"。（1939年）对于儒家学说中的"知仁勇""仁义礼智信"等道德范畴的说法，他说："'仁'这个东西在孔子以后几千年来，为观念论的昏乱思想家所利用，闹得一塌糊涂，真是害人不浅。我觉孔子的这类道德范畴，应给以历史的唯物论的批判，将其放在恰当的位置。"总之，他似乎更同意对儒学进行批判性的改造，划清儒学中的精华与糟粕、儒学本意与历代统治者的曲解的界限，做出共产党人的新解。

如果说毛泽东留给我们的读书遗产是光彩夺目的庞大宝库，那么接受这份遗产则需费些力气。他读书量大、面宽、时间跨度长，笔记简详、深浅、独特性与概括性不一，整理起来可能是老虎吃天，无从下口。而读书笔记又常常最富个人色彩和随机性，有些还是进入自由王国的“任我行”之语。海量的精彩片段，令人难以形成完整全面的认知与结论。《精讲》在这方面立了大功。全书148万字，分为“战略”“哲学”“文学”“历史”四大卷，以现存有据的毛泽东批注过评点过谈论过的文字记录为依据，以观点为条目，每条由原文（有些略去）、毛泽东的笔记和谈话、精讲三个层次组成。《精讲》最具特点的确实是“讲”，讲得精准、精到、精确，富有学术性、思想性、条理性与全面性。读之深感，没有20世纪中国翻天覆地的历史洪流，没有波澜壮阔的中国革命和建设实践，就没有毛泽东；没有那些浩瀚书文的化育、滋养，也不可能有毛泽东思想的形成，不可能有毛泽东的诗情、才情，高度、深度。

感悟

故宫的上元灯火

早在20世纪40年代，还是日军占领下的北京，那时我读小学，老师带着全班同学进过几次故宫。我猜想那时的门票应该是很便宜的，因为学校没钱，冬天买不起取暖用煤，教室里冻得不止一个孩子尿到了裤子里；而如果是让个人花钱，我们这些小学生就更没有可能来这里了。

那时故宫给我以巨大、空洞、寂寥乃至恐怖的感觉。大部分宫殿都锁着或插着门，从开门的地方看到了明清的一些桌椅、软垫、摆设，冷冷清清，没有人间烟火气。建筑高大，人迹稀少，路径遥远，曲折单调枯燥，每去一次累个半死。而且一到下午，夕阳西下，可能是四点，也可能是刚刚三点半，参观游玩的人都被建筑的阴影死死地压迫住，我已经感到黑夜将要全面覆盖过来的恐怖。我甚至于警惕着渺小的自己被丢落在故宫的大院子里，丢落在巨大的台阶、石头、房顶与地砖中。

而且那个时候就有清宫“秘史”之类的电影，我记住了电影里阴森森的故事，进故宫正门不远就看到了珍妃井，我感觉到这里时时会出现冤魂。正是对旧中国的热切的弃旧图新的心态，使我对明清故宫的感受陌生阴冷，格格不入。

那时，故宫对我来说，是一具历史的庞大的尸体，是一片已经干涸了的海子，它的一切已经被时代与大众远远地甩在后面。故宫紫禁城，一个“故”字，一个“禁”字，说明了它与北京的啼饥号寒的人民无关，与正在和侵略者浴血苦战的中华儿女无关，与二次世界大战和人类的命运无关。它自清朝出宫以后完全隔世，虽然还占据着北京偌大的地面，它已经空乏麻木，不仅与帝王更与北京市民的生活缘分已尽。

后来我又多次去过故宫，对它有了更好地了解，但儿时对故宫的印象，时而浮现脑海。2019年上元佳节晚上，我进入了故宫，我登上了紫禁城，我第一次感觉到了故宫的亲和、美丽与可爱。我看到了故宫建筑上高挂的大红灯笼，灯笼照亮了夜空，照红了照活了照喜兴了亭台楼阁，我也看到了变幻动态的射灯把大殿屋顶照得辉煌壮丽，把角楼轮廓照得美轮美奂，把城市的夜景与故宫的历史用组组灯光编织起来，成为一体，与高挂天空的正月十五的明月对应着，互动着。我与幸运的万千市民、男女老少一起，聚集着、簇拥着、快乐着、呼唤着，登上故宫城墙，在工作人员的关照引领下，走过一段又一段起伏的石头道路与木板台阶，走过殿堂，经过书画与器皿的展示，看到了映照在大殿屋顶的《清明上河图》投影。我感到惊奇，不可思议，怎么出现了另一个故宫？是新的、贴近的、人民的、热闹的、红火的与吉祥喜乐的故宫，是庙会一样、广场一样、自家一样、社区一样的故宫。这是故宫吗？抑或是北京街市嘉年华？大联欢？可它明明还是那么巍峨雄壮，还是那么高端大气，还是充盈着尊严感。你看到了故宫的全貌，也看到了天安门、中山公园、文化宫、交民巷、前门大街……北京的中心区域，尽收眼底。

人们说，这是故宫建设600年来首度夜间亮起来热烈起来；是故宫博物院建院90多年来第一次在夜晚开放。灯光亮过了星月，鼓乐结合了笑语，天黑后让大家玩了起来乐了起来。如今的我，完全没有了十几岁时老师领着我们走在这里时的恐惧，有的只是躬逢其盛的欢喜。

我想起《红楼梦》里元宵节的热闹中英莲即后来的香菱的走失，从一个侧面呈现出古代中国上元佳节的嘉年华声势。辛弃疾的《青玉案》感人至深，他歌唱元夕的花千树、星如雨、宝马雕车、一夜鱼龙舞……可能由于元宵节距离春节太近，这个节日得不到清明、端午、中秋全民放假欢度的待遇。今夜此番情景，不但继承了弘扬了元夕灯节传统，而且已远远超过辛稼轩曹雪芹的见闻记述。终于，王蒙有幸在他出生的第85个年头，看到了参与了这样的盛况，弥补了更新了对于上元佳节的追忆与期待，何等好啊！除了“太平盛世”四个字，我找不到更合适的词语。当然，盛世也有许多需要我们正视的挑战与难关，这一点从来没有疑问。

我想起印度、埃及一些古老的纪念性神庙建筑，为了让国民与游客享受历史文明，几乎天天巨光射灯照耀流转，音响震天，游客里三层外三层，他们努力要使古老与现代对接，使神祇帝王与百姓游客对接，使传统记忆与现实世俗对接，使经典文化与日常生活对接。遗产当然要保护，但同时要古为今用，物为人用，胜景为我所用。我们也终于把故宫激活到了一个全新的境界，把故宫打扮了一番，送到了人民的手上眼中心头，让生活丰富起来，让传统活起来。对于这样的好事，怎么还会有人说出不赞成的挑剔的话呢？

也不奇怪。中国人多，上元佳节的故宫灯会，一票难求。于是有“黄牛”骇人听闻的倒腾与“的爷”的非法要价，再加上防范拥挤踩踏与损坏文物的管理，或许不能让人人满意。做点好事绝非易事。各种不同声音，或许会使主办者组织得更加完善，这反映的其实是故宫的巨大魅力、活动的超级成功！

与闻其盛，不虚此生。故宫又开了一个好头。我希望故宫长久地红火起来，让更多的人身临其境，共享太平；我希望亲爱的同胞为我们的传统与历史名胜而自豪，也善于乐于享受属于我们每一个人的历史遗存与时代华彩。

好好读书吧

上学，首要是读书；自我提高、丰富、发展也主要是读书。这种说法虽显简单，然而大体简便适用。

然而，读书，还是不读书？自古以来就有不同的说法。

万般皆下品，唯有读书高；知识就是力量，读书改变命运；这都是正面的说法。

从来文士皆耽酒，自古英雄不读书；百无一用是书生；还有如庄子爱说的书里记载的其实是糟粕，书最多是旧的靴鞋印迹；这是另一种说法。

书主要是用语言——文字符号来记录世界、表现生活、发现生活、总结与探讨天地万物的。

语言是世界与生活的符号，文字是语言的符号。符号不全是世界与生活本身，符号里已经充满了人的主体性与能动性，发展着人的思维能力、想象能力、记忆与归纳能力、分辨能力与爱憎哀乐种种情绪。

马克思认为，劳动是人类本质的对象化，即是以人的本质为主体，使之与自然、与世界结合起来，体现出来，创造出一个个适合人的需要与特色的对象来。马克思的另一个说法是自然的人化。

书是世界的反映，是世界的发现与推敲，是生活的凝结与积淀。没有过比从书里发现对于生活的新的体味与主张，从生活里发现对于书本的新理解与感受认知更快乐的了。

书恰恰是人的本质的对象化，书恰恰是自然、世界、生活的人化。

书的符号性、思维性、条理性、清明性、理想性、概括性、稳定性，有时候是某种精确性，还有法则性、永久性、经典性、戏剧性、集中性，又是日常生活所难于浓缩集中、自然而然地出现的。所以国人强调一个道理的时候要说："那是白纸黑字，写在书上的。"

所以必须读书。经验、运气、勇敢、诚恳、聪明，都不能代替读书。人对写书就要求更高，它表现了主体对于生活的理解与感受，记忆与印象，思索与激情。他还表现了著书人从前人与同时代人，从自己所在的群体中获得的各种信息，各种经验，各种常识。

书的重要意义在于发展人的思维。孟子说："耳目之官不思，而蔽于物。物交物，则引之而已矣。心之官则思，思则得之，不思则不得也。此天之所与我者。"就是说，只靠感官的直觉，思维得不到激励与发展，只有心——脑，才能获得思维的果实。那么，是书而不是其他对象，能推动人的思维，这是不言自明的事。

那么，仅仅有书与思维也是不够的，只有把读书与生活实践结合起来，才能得到真正的智慧。

重要之点是作品

20世纪60年代，在我处于逆境的时候，我下决心遵循《讲话》的教导，到边疆去，到农村去，破釜沉舟，置之死地而后生，重新打造一个更宽阔也更坚实的写作人，打造一个焕然一新的工农化的写作人。按当时的认识，我必须写工农兵，我只能写工农兵才有出路。就像我在1963年底，坐火车带着全家从北京到新疆时所吟咏的：

死死生生血未冷，
风风雨雨志弥坚，
春光唱彻方无恨，
犹有微躯献塞边。

我到了伊犁州伊宁县，巴彦岱人民公社，与维吾尔农民生活在一起，同吃同住同劳动，并曾担任二大队副大队长。

我很快与农民打成一片，讲维吾尔语，读维吾尔文书籍，背诵维吾尔文《毛主席语录》与“老三篇”。我住在老农阿卜都热合曼 · 奴尔与黑力其汗 · 乌斯曼家。我住的一间小屋，在我到来以后，燕子飞来做了巢，每天我与呢喃的燕子一起生活，农民们从这一点上认定我是一个善良的人。

我爱生活，我爱人民，我爱不同的环境与新鲜的经验，我爱雪山与大漠，湖泊与草原，绿洲与戈壁滩。我得到的是爱的回报。当地的农民喜欢我。

你可以说我是在特殊处境下做出的不一般的选择，但是我选择了，我做到了，我仍然充满生机，爱恋着边疆的对于我来说是全新的一切：伊犁河、大湟渠、砍土镘、水磨，还有情歌《黑黑的眼睛》；尤其是各有特色的族群：汉、回、维吾尔、哈萨克、乌兹别克、锡伯、俄罗斯……还有馕饼、拉条子、哈密瓜与苹果园。我曾经说我在新疆16年，完成了维吾尔语“博士后”的学业。我至今回想起这一切，更要强调说，新疆各族人民对我恩重如山。困境中，是那里的人民保护了我。

于是有了《这边风景》，我确实书写了大量的有特色的生活细节。劳动、夏收、割草、扬场、赶车、灌水、打馕、植树、雨灾……我写了人民公社时期的奋斗、挫折、懒汉、积极分子；我写了边疆历史的风风雨雨、恩怨情仇；我写了那里大异其趣的衣食住行婚嫁。讨论作品的时候，有学者说他们看到了西域的《清明上河图》，有的说边疆生活细节排山倒海。一位维吾尔族女教授说：作家把他的心交给了我们，新疆各族人民也就愿意把心交给他。

此书的得奖最使我感谢的是它将有利于人们关注新疆，了解新疆，热爱新疆，走近新疆。我为新疆的兄弟姐妹们高兴。

这本书的得奖，还让我相信，真正的文学经得住时间的考验。41年前动笔写的书，37年前基本定稿，现在受到了关注。毋庸置疑，写作的年代与当下区别很大，写作时有各种的局限性，可以说当时的写作是戴着镣铐的舞蹈。然而，只要下了苦功，有了刻骨铭心的生活经验，有了血肉相连的感情交融，有了亲近大地的匍匐与谛听，有了对于人民音容笑貌的细腻记忆与欣赏，你写出来的人、生活、情感，就能突破局限，摆脱镣铐，充满真情，充满趣味，成就你所难以预见的阅读的厚味与快乐。

仍然是王蒙写的，仍然热爱，仍然多情，仍然兴致盎然，仍然一片光明，仍然有“青春万岁”的信念，有“新来的年轻人”的眼光与好奇心，有对于生活的缤纷期待，有对于爱情的讴歌，有对于历史和时代的钻研，有对于日子的珍惜与温习。

茅盾文学奖的获得当然令人高兴。文学奖引人注目，因为它向读者推荐了文学。奖为文学增光，前提是文学能不能给奖增光，能不能给予心灵以抚摸与冲击，营养与激扬。只有文学本身可爱，奖才可爱。离开了作品去研究文学奖，未免可笑与可悲。奖能锦上添花，奖能促进发行，但是奖不能弥补缺陷，奖不能化东施为西施。把功夫放在争取得奖而不是写好作品上，只能说是作者没出息到了极致。

我为什么写作

从 1953 年深秋那个晚上我提起笔来开始写《青春万岁》初稿的最初几行字的时候算起，已经是整整四十个年头了。

我为了我们的国家、社会、生活更加美好而写作。我为什么写作？它的答案与为什么革命为什么活着是一样的。

我爱生活，我叹息一切美好的瞬间的短促。只有文学才能使美好的瞬间与永恒连接起来。

文学是一种特殊的记忆形式。文学就是怀念，文学就是复苏，文学就是青春，文学就是人生的滋味，文学就是余音绕梁三日不绝。文学就是生命所剩余的一切。

至少我有理由指望，我的作品会比我自己更长久。我已经不在的时候，也许有一个青年会为我的某一篇散文而微笑，也许有一个少女会为我的某一篇诗歌而动容，也许有一位长者会为我的某一篇小说而煎熬。单是这样想一想已经够让人激动的了。

至少我有理由希望，我的作品会比我自己走更远的路。我的作品会走进我还没有机会走进的房子，我的作品会说我还不会说的话，我的作品会有比我自己更宽阔的胸怀和臂膀，拥抱我们的这个星球，拥抱我们的这个世界，拥抱那个叫作人的同类。

至少我有理由希望，在写作的时候我能够比我自己还要好一点，聪明一点，丰富一点，有时候更执着一点，也有时候更豁达一点，因为我是太平凡了，我是有太多的缺点以至于缺陷。我不满意于自己，我已经没有办法再重新投胎一次生活一次，我只能在写作里得到一些校正与补偿。

我喜欢语言，也喜欢文学，在语言和文学中间我如鱼得水。语言和文字是我的比人民币和美金更重要的财富，我要积累它们，更要使用经营——有时候是挥霍浪费它们。

我喜欢你也喜欢他，只有在写作当中，我们才得相识，相交，成为朋友。而如果没有朋友，我们是多么孤独呀！

我喜欢写作还因为我并不是总是快乐的。谁能回避那些沉重的不愉快的甚至于可怕的事情呢？然而当这一切经验都变成为文学的契机的时候，人生就比较能够忍受了。

文学使往日重新鲜活，文学使黯淡变成趣味——至少是自嘲，文学使痛苦焕发辉煌，文学使灰烬蓬勃温热。文学使有所作为者尽情发挥，文学是仁人志士的战场、十字架至少是试验场；文学又是智者弱者无所作为者孤独者清淡者自大狂自恋狂胆小者规避与逃遁者的一个“自欺欺人”的游戏——避难所。

文学是有为更是无为。文学是有为的无为，无为的有为。

文学是一种快乐。文学是一种疾病。文学是一种手段。文学是一种交际。文学是一段浪漫。文学是一种冒险。文学是一种休息。文学是上帝。文学是奴婢。文学是天使。文学是娼妓。文学是鲜艳的花朵。文学是一剂不治病的药。文学是一锅稀粥。文学什么都是也什么都不是。

最后，我写作，还因为我是王蒙。我只能是王蒙，我希望我是王蒙，所以我只能写作。所以我还要一页一页一篇一篇一本一本地一再写下去。我愿意放弃这和放弃那，但是我不能放弃写作。请原谅了，再一次地请求原谅了。

阿门。

我爱读《红楼梦》

我爱读《红楼梦》。《红楼梦》是一本最经得住读，经得住分析，经得住折腾的书。

《红楼梦》是经验的结晶。人生经验，社会经验，感情经验，政治经验，艺术经验，无所不备。《红楼梦》就是人生。《红楼梦》帮助你体验人生。读一部《红楼梦》，等于活了一次，至少是活了二十年。

读《红楼梦》，就是与《红楼梦》作者的一次对话，一次“经验交流”。以自己的经验去理解《红楼梦》的经验，以《红楼梦》的经验去验证、补充启迪自己的经验。你的经验、你的人生便无比地丰富了，鲜活了。

《红楼梦》又是一部充满想象的书。它留下了太多的思想、奇想、遐想、谜语、神话，还来不及好好推理，因此需要你的智慧的信息……它使你猜测，使你迷惑，使你入魔，使你进入了另一个世界。于是你觉悟了：原来世界不止一个，原来你有那么多种有待探索和发现的世界。

读完《红楼梦》，你能和没有读它以前一样么？

《红楼梦》是一部令人解脱的书。万事都经历了，便只有大怜悯大淡漠大欢喜大虚空。便只有无。所有的有都像是谵妄直至欺骗，而只有无最实在。便不再有或不再那么计较那些渺小的红尘琐事。便活得稍稍潇洒了——当然也是悲凉了些。

读过《红楼梦》以后，你当懂得潇洒里自有悲凉，悲凉里自有潇洒的道理。

《红楼梦》是一部执着的书。它使你觉得世界上本来还是有一些让人值得为之生为之死为之哭为之笑为之发疯的事情。它使你觉得，活一遭还是值得的。所以，死也是可以死得值得的。为了活而死是值得的。一百样消极的情绪也掩盖不下去人生的无穷滋味！

这样，读一次《红楼梦》，又等于让你年轻了二十年。

《红楼梦》令你叹合。《红楼梦》令你惆怅。《红楼梦》令你聪明。《红楼梦》令你迷惑。《红楼梦》令你心碎。《红楼梦》令你觉得汉语汉字真是无与伦比。《红楼梦》使你觉得神秘，觉得冥冥中有一种不可思议的伟大。

你会觉得：不可能是任何个人写出了《红楼梦》。《红楼梦》里的人物都已经成了精。《红楼梦》里的事情已经都成了命。他们已经走入了你的生活，你甚至于无法驱逐他们。

是那冥冥中的伟大写了《红楼梦》。假曹雪芹之手写出了它，又假那么多人的眼睛包括王蒙的眼睛从中看出了一些什么，得到了一些什么。

《红楼梦》是一部文化的书。它似乎已经把汉语汉字汉文学的可能性用尽了，把我们的文化写完了。

《红楼梦》是一部百科全书，而且不仅是封建社会的。几乎是，你的一切经历经验喜怒哀乐都能从《红楼梦》里找到参照，找到解释，找到依托，也找到心心相印的共振。

《红楼梦》又是一个智力与情感、推理与感悟、焦躁与宁安的交换交叉作用场。你有没有唱完没有唱起来的戏么？你有还需要操练和发挥的智力精力和情感么？你有需要卖弄或者奉献的才华与学识么？你有还没有哭完的眼泪么？请到《红楼梦》这方来！来多少个这里都容得下！

尤其是，《红楼梦》其实什么也没有告诉你。你永远为之争论，为之痛苦，你说不明白，为什么是这样而不是那样，是他而不是她。你更弄不明白，究竟是谁比谁好一些或者不好一些谁比谁可爱一些或者不可爱一些究竟哪一段更真实一些还是哪一段更假语村言……再加上“红学”，你和《红楼梦》较劲吧，你永远不可能征服它，它却强大得可以占领你的一生。

《红楼梦》永远是一部刚刚出版的新书。

读《红楼梦》是一次勇敢的精神探求。在那个世界里，你将听到什么、得到什么呢？

在一次又一次探求中，我写下了一些与曹雪芹，与宝玉、黛玉，与贾政、王夫人……的对话与辩论。评点，真是一个好主意。与《红楼梦》朝夕相处，切磋琢磨，这是缘分，也是福气。应该感谢出这个主意的漓江出版社与聂震宁先生。

也应该谢谢你，读者，你也进入这个缘分和福气里来了。你也在梦里了。

如果没有中国，这世界太寂寞

作为“中华文化讲堂”主讲人，我5月18日至28日飞到遥远的拉丁美洲，开始我的中国文化宣讲之旅。这是我在耄耋之年首次到达南美洲，十天的行程每一刻都难以忘记。

我们一行先到了卡斯特罗与切·格瓦拉革命的古巴，在革命广场留影，与古巴同行亲切忆旧。在巴西利亚大学的演讲与互动又是如此缩短了我们的距离。此行所到之处都让人感觉到拉美人民对于中国的关注与兴趣。在智利的圣地亚哥市中心，一群小学生听到我们是中国客人时，表现得那么热烈，这让我想到亲情，中国与南美洲的各个国家从来都是朋友、兄弟。

古巴、巴西、智利，亲切的远方，远方的亲切，都令人难忘。哈瓦那的朗姆酒式的活泼，巴西利亚高塔的个性，圣地亚哥的铜山与宝石的绚丽，都令人眷恋不已。我也尽我的力量与他们讲述中国，讲述中国文化。

中国文化是世界文化的重要补充，如果没有中国，世界太寂寞。但中国同时也在向世界别的国家，包括向巴西学习。我到巴西访问，看到巴西利亚的城市规划和设计，十分感慨。

中国的建筑除了请法国和德国的设计师，还要请巴西的建筑大师。很有趣的是，巴西设计师在中国，也会逐渐增强中国味、本土化，这就是中国的魅力所在。例如可口可乐，在中国大陆可以泡姜加热解表治感冒，被家常中药化，而在中国台湾可口可乐早已是名菜“三杯鸡”的佐料，中国文化的包容性和想象力由此可见。

世界文化在交流中进步，中华文明5000年未曾中断，它在语言文字、诗书礼乐、价值观念、思想方法、历法习俗、生活方式等很多方面，对周边国家乃至全世界都有着很大影响。

中国传统文化强调人性是善良的、美好的。这是认知、是对价值的强调，更是一种信仰。例如性善论，认为善良与生俱来，是上苍给的，人性就是天性、天良、良知、良能；天人合一是自然的天地、人类的本性与超自然的、形而上的上苍、天道、天命的合一。这其实就是中国优秀传统文化的魅力所在。中国古人聪明的地方在于，不想把力量与心思用在设想彼岸、来世、天堂与地狱上。中国古圣先贤强调的是立足今世，积极进取，优化今生。此岸性和积极性是中华文化传统的特点，也是优点。

同时中华文化认为，天生的性善，如果不教化弘扬，也是靠不住的。中国圣人要求好好培养这些德行。孔子引用《诗经》的诗句说：“美丽的花你多么好看！我怎能不想念你呢？

可你离我太远！”（“唐棣之华，偏其反而。岂不尔思，室是远而。”）然后孔子责备说，“美好的东西有什么遥远的呢？你根本就没有去想念美好嘛。如果你好好地想念这朵美丽的花，它的美好就在你身上嘛。”（子曰：“未之思也，夫何远之有？”）在这里，孔子将一首爱情民歌提升为对于美德美思的向往，对美好社会美好天下的向往，认为世道人心好了，一切自然向美好发展。

此岸性也带来了务实。黑格尔对孔子评价有些偏颇，认为孔子只讲了些常识，语言也太简单。可是孔子并不想仅仅坐在屋里做学问，他不是学者专家，他是圣贤，他想当帝王的老师，拯救礼崩乐坏的当时社会。他与君王对话，哪能长篇大论？说得必须简单。当然西方哲人中也有为孔子叫好的，例如伏尔泰就认为孔子言简意赅，“己所不欲，勿施于人”运用人间的逻辑将此岸性分析得如此简明精彩，不用借助上帝，了不起。

中国传统文化是和谐的、包容的。鸦片战争以后，中国受西方文明的冲击，一度陷入焦虑与危机。五四运动以来，知识分子对传统文化进行了建设性的批判，引进了民主、科学等新的观念，激活了传统文化中的积极因素、革新因素。其实中华优秀传统文化也鼓励变化革新，特别是对传统文化的创造性转化、创新性发展。穷则变，变则通，通则久。庄子的说法是，世界上任何事物都是与时俱化的。《礼记》还提出：苟日新，日日新，又日新。五四运动以来，马克思主义传播到中国，中国共产党将马克思主义与中国具体革命和建设相结合，同改革开放相结合，同新时代中国具体实际相结合。每一次结合，都在中国思想界产生巨大的震动。

今年是中国改革开放40周年，40年来，中国经济增长迅速，社会发展动力强劲，证明改革开放是决定中国命运的关键抉择，中国人以敢闯敢干的勇气、自我革新的担当，走出了一条好路、新路，我们愿与全世界分享我们的经验。这不仅在中国，在世界也是奇迹。中国传统的此岸性、积极性，见贤思齐、闻过则喜的自我调整能力发挥了作用。

谈到传统和现代化，我认为在中国，传统一直在起作用。脱离了传统，就脱离了群众，脱离了脚下的土地。而不走向发展与现代化，就会落后挨打。只有把传统和现代化结合起来，才能既保证社会稳定，又促进社会发展。中国创造了开新局的伟大变革，我们既要不忘初心，又要奋勇前进！

诗画悠然乐两头

连续两年，我参加了海峡两岸（海南）文化交流联合会等团体组织的两岸文艺人交流活动。先是以“写意美之岛·相会呀诺达”为主题的2014年两岸笔会，与郭枫、韩少功、魏明伦、李少君等新老友人相见联欢，仙境神驰，其乐非凡。然后2015年“写意美之岛·相会阳明山”在台湾举行，除了头一年见过的老笔会成员，这次又见到了郑愁予、蒋子龙、陈若曦、林清玄等诸多生龙活虎的同行同道。有朋自各方来，为探友朋而去，不亦乐乎！

2015年5月之行，是我第四次到台湾。与前几次相比，很有些个轻松愉快、悠哉游哉的感觉。回想1993年初访台湾，手续繁杂、香港周转，在港等候台湾那边的手续就等了十个小时才能登机不说，到了桃园机场，“陆客”的行李都是单独放到一个僻静的角落，住进堂皇的圆山饭店，饭店四周林立的是政治旗帜，很有紧张感。二十余年过去，放下了多少神神经经、如临大敌的包袱，增加了多少方便、自由与平常心！两岸交流有了非常大的发展，相互之间的距离越来越小，相互感兴趣的话题越来越多。有时一起谈得高兴，亲密无间，早忘记了如余光中所写：

乡愁是一湾浅浅的海峡
我在这头
大陆在那头……

海峡的距离本来就很短，越来越近了，同胞间的交流、兄弟间的交流、同事间的交流，和睦愉快，十分温暖。

此次我个人的大收获是增添了新的经验。在佛光山，看到了井然有序、良性经管的佛教传承事业，聆听了星云大师带病出场、亲自讲解的“人间佛教”理念，他的观点和实绩使大陆文艺家颇受启发，感觉亲切可行。一批大陆的同行在佛光山体验了“菩提眷属”仪式，崇高的佛法与神圣的婚姻结合，使佛教走向了人间，婚姻仪式也增添了新鲜感。

在新竹清华大学与校长和教授们在苏格拉底酒吧共进轻松的便餐，与师生们进行文学交流，除人员数量小一些并未感到同与大陆大学生交流有什么不同。印象颇深的是台湾朋友温文尔雅，客客气气，以致赶火车的时间快到了，都没人提醒，结果大家急成一团，几乎误了事。如果在大陆，就该是“会务组”另一副火急的催促劲儿。台湾这边没什么人催，种种集合登车，往往到时人不来，谁也不好意思去催，另有一番不守时刻的风景。

虽然1993年就在阳明山有了喝茶的体验，2009年也已欣赏过花钟，但在这一次由表及里的深入参观中悟出，当初住在这里的人心境多么窘迫、紧张、戒备，与现在也已经是大异其趣了。

金门的见闻更加耐人寻味。早先硝烟滚滚的前沿岛屿上，岩洞坑道、标语口号、坦克竹排，如今都变成了旅游景观、历史文物、展示陈列，如白发宫女闲话的唐玄宗，秀在面前的一切，其实已飘然远去。金门的“毛泽东奶茶”店，最抢风头，打着“时代要变、奶茶要变、命运才会改变”的旗号，请游客“轻松享用和平氛围……”却原来，旅游比炮战更恒久，风光比工事更坚固，奶茶朝食与偏见相比是不可能消灭的。真个是“古今多少事，都付笑谈中”喽。

与台湾老朋友郑愁予、郭枫、陈若曦、苏叶再见面、再叙旧，已经说过的话题，还是那么新鲜。各位书画家摄影家更是大显身手。正如蒋孝严所说：“一个国家，军事上强大是强国，经济上强大是富国，只有文化上强大，才是大国。”此话精彩。而海基会的会长林中森先生的“地主之谊”，也使客人们五内俱热。

回程尤其便捷。金门到厦门，那头到这头，四十五分钟，中小学生的一节课。这个距离，从1949年到2015年，走了半个世纪还多。任何势力都已经不能阻挡并使之倒退回去了。

我以我写荐轩辕

少年时代，革命与文学是我的至爱，是不可分离的整体。我知道了革命与共产党，知道了鲁郭茅巴老曹，知道了托尔斯泰与陀思妥耶夫斯基……它们比生活本身更加宏伟与高尚。它们怀着悲情一往无前。我12岁时爱背诵的诗句是："我以我血荐轩辕！"我早早地参加了斗争，一心想把缔造新中国的激情和理想，把快乐和自勉乃至自责，把胜利与建设的无限风光守护下来，于是有了19岁动笔的《青春万岁》。我继续叩问生活，思索人生。原来写作不易，你要克服许多你自己的偏见和自恋、狭隘和怯懦、空洞和虚荣，还有永远不会没有的不理解。如果说革命成功以后还会面对更多的困难和挑战，那么好好地写出文学，写出时代，写出心灵，建立一个个文学的路标石，必须准备好付出一个又一个的代价。你需要成长，需要经风雨、见世面，沿着文学的曲径险径，摸爬滚打攀登再攀登。

生活不可能永远处于悲歌狂飙、红旗招展、呐喊震天的高潮之中，在相对稳定与和平的环境下，市场把文学艺术拉向娱乐消费，这倒也是很正经的产业，但我们毕竟没有忘记忧患，忘记深刻、忘记创造与沉雄的权利。难道我们走到今天就只剩下了娱乐至死、空心搞笑、低级趣味了吗？难道我们失去了醍醐灌顶、振聋发聩、清新俊逸、深挚热烈的初心啦？难道理想的火焰不能继续燃烧？纯朴的爱憎不能继续强烈？小说与诗歌，戏剧与文章不能再闪耀人性的新的辉煌了吗？

我曾经听人说过写小说好比娶媳妇，是年轻人的事。我早就听说过“青春作赋，皓首穷经”的古语，正好我也在写阅读老庄孔孟的心得。但是“明年我将衰老”，今年我仍兴致勃勃。我仍然注视着捕捉着生活的艰难与华彩，我急于告诉读者一个又一个感动过我并且希望继续感动大家的故事，我仍然怀念着可亲可泣的好人、如诗如画的场景、如火如荼的征程和那么多难解难分的纪念。我仍然不能忘情于文学，忘情于奋斗，忘情于大地，忘情于人民。我写革命的豪迈、成长的代价、沧桑的热泪、生活的芬芳、人心的不渝。年龄当然是愈积愈沉重，但是我还想写几篇结结实实的作品，对得起历史，对得起生活，对得起文学在历史上最珍贵的担当与爱。

健康中国

中共中央、国务院关于健康中国的口号，与《“健康中国2030”规划纲要》的提出，温暖且切合人心，给了我们极大的鼓舞。显然，健康中国是实现中国梦的一个重要标志，是社会主义核心价值的体现，是幸福中国、美丽中国、以人为本、发展是硬道理的体现。健康，是终生的永久的追求。国家有纲要，人民要有相应的文化与认知。就是说，我们理应有更多的讨论呼应，建设更加文明有效的健康文化，培养健康精神与健康生活方式。

中华传统文化历来关注人的生存状态。孔子讲“君子坦荡荡”“知者乐水，仁者乐山。”“发愤忘食，乐以忘忧，不知老之将至。”《论语》中还详尽写了孔子对于进食的认真态度与多种讲究。表现了儒学的此岸性与积极性。老子讲摄生，讲“无死地”，即不要使自己堕入难免灭亡的恶境。而庄子讲养生，讲庖丁解牛，认为人生要符合客观规律。

同时我们要更加积极地注意奋斗和锻炼，振奋精神，拼搏和强化自身。同时，为了健康，必须抵制一切的不健康的观念与习惯。为了健康，当然必须拒绝病态与种种不健康。

一、我们应该更加勤劳，戒除懒惰。多劳动，多运动，多动脑，多学习，人生是一个全面努力的过程，我们不能松懈。按摩、足道虽有一定作用，不可能代替自己的辛苦锻炼。好逸恶劳，萎靡散漫，是我们的大敌。

二、我们应该更加朴素自然，戒除贪婪，戒除炫富、奢靡的不健康心理，尤其是贪吃稀奇古怪的东西的陋习。国人中某些四肢细弱而肚腹老大的形象，值得反省。

三、要提倡科学、规律、正常、健康的生活习惯，生活方式。戒除和减少吸烟酗酒、饮食无度、睡眠无规律，以及诸种乖戾情事。你如果饮鸩止渴，任性胡来，总是心怀叵测，阴暗压抑，你就绝无健康可言。

四、健康无捷径。没有长期的健康心态，健康生活，健康活动，体育运动，清洁卫生，劳动奉献，而靠某个神奇穴位、靠补药、靠仙水野味怪食，尤其是靠伪大师、伪神仙、神汉女巫灵鸽……还有类似亚健康与张悟本式的胡说八道，只能是上当受骗，贻笑大方。

五、不论是老龄幼龄，伤残疾患，都是有自己的健康之路，健康之道。不可以搞年龄歧视，不可以搞形体歧视。

六、健康精神是一种积极向上，敢于奋斗，敢于胜利，坚持不懈的精神。不能仅仅以免责为出发点，限制健康追求与健康活动。当年毛主席为代表的前辈，本着五四新文化精神提倡游泳，现在却在一些游泳胜地视游泳为畏途，还有严禁本单位员工、学生们下海游泳的律令，真是匪夷所思、咄咄怪事。这样下去，只能是民族的孱弱化。

七、一定要解决中小学生的课业负担问题。将童年、少年、青年的健康与幸福还给孩子们。原则上必须取缔校内的课外有偿补习营业活动。

八、重视心理健康，把体育医疗等健康活动与青年的全面发展培育结合起来。

九、一切健康活动必须遵纪守法。如大规模地在机动车车路上暴走，是不可以的。

重读李大钊之《青春》

重读李大钊之《青春》，为我国早期共产主义志士追求之弘远，感情之炽烈，境界之崇高，学问、思想、直到词汇之丰富而拍案叫绝，而热泪盈眶。今天仍然崇拜这样的人啊！一百零一年前，先知先觉的中国知识分子，高举起青春的大旗，颂少年之中国，歌青春之伟力，办《新青年》之杂志，为古老中国再造重生，吹响了理想的冲锋号。一百多年过去了，中国已经不是那个风雨如晦、摇摇欲坠的中国了，同样我们也期待着当初少年精神、青春精神的回归、重现与发展、完美。

李大钊说：

> 嗟吾青年可爱之学子……念子之任重而道远也，子之内美而修能也……为尽瘁于子之高尚之理想，神圣之使命，远大之事业，艰巨之责任……乃不枉于遥遥百千万劫中……与此多情多爱之青春，相邂逅于无尽青春中……

李大钊此文从自然界的春天讲到了人的生命的青春，并且把青春解释阐发为理想、使命、事业、责任；这也是天人合一观念之时代化、革命化、神圣化。难道它不让今天的老中青年为之精神一振吗？

……苟日新、日日新、又日新之谓也……故能以宇宙之生涯为自我之生涯，以宇宙之青春为自我之青春……此之精神，即生死肉骨、回天再造之精神也。此之气魄，即慷慨悲壮、拔山盖世之气魄也……吾人于此，宜如宗教信士之信仰上帝者信人类有无尽之青春……虽在耄耋之年，而吾人苟奋自我之欲能，又何不可返于无尽青春之域，而奏起死回生之功也。

再向前迈一步，联系《尚书》上讲的“苟日新、日日新、又日新”；英雄志士、智者勇者讲的生死骨肉、回天再造，慷慨悲壮、拔山盖世，振聋发聩。这是人生观，这是如同宗教般的终极信仰，这是生命的意义与分量。而且，这种精神与气魄的青春性不再受生理年龄局限，耄耋之年可以返于青春，起死回生！个人如此，几千年的国家民族何尝不是这样！老而弥少，长而弥坚，成熟而弥更新，淡定而弥开拓！

这里，有中华自古以来的青春精神、少年意气、志士热血、仁人衷心；有“天将降大任于斯人也”的自诩；也有梁启超引用的西谚“世有三岁之翁，亦有百岁之童”之哲理。李大钊那样的革命者，从一开始就是既弘扬传统文化，又汲取世界先进思想，进行着传统的创造性转化与创新性发展的一代精英。

……白首中华者，青春中华本以胚孕之实也。青春中华者，白首中华托以再生之华也……宇宙有无尽之青春，斯宇宙有不落之华……青年乎，勿徒发愿，愿春常在华常好也，愿华常得青春，青春常在于华也。宜有即华不得青春，青春不在于华，亦必奋其回春再造之努力，使废落者复为开敷，开敷者终不废落，使华不能不得青春，青春不能不在于华之决心也……

李大钊讲了青春与白首的辩证关系。此文原载于1916年9月1日《新青年》2卷1号。当时一些悲观主义者与觊觎我中华民族的域外虎狼，鼓吹中华“老大帝国”说，暗示此帝国已濒于垂暮衰年、百病缠身。而李大钊告诉人们，所谓老大也是打从当年的青春风华发展变化而成，而且老大了仍然有返老还童、恢复青春的光明前景，关键在于国人有什么精神状态，什么世界观人生观，什么信仰追求，什么实践奉献。文中说，耄耋可逆生长为青春，华彩春花，不但可以在自然界之青春即春季开放（文中曰“开敷”），也可以在兹后重放、续放、新放，还可以变“废落”为长放不衰。他既承认开放与废落都是宇宙、人类、国族、自我的题中之义，又强调责任担当，青春常在。诚哉大钊，伟哉大钊！

……艰虞万难之境，横于吾前……堂堂七尺之躯……前不见古人，后不见来者，惟有昂头阔步，独往独来……更胡为乎念天地之悠悠，独怆然而涕下哉……今人之赴利禄之途也，如蚁之就膻，蛾之投火……耶经有云：“富人之欲入天国，犹之骆驼欲潜身于针孔”……青年之自觉……勿令僵尸枯骨，束缚现在活泼泼地之我……一在脱绝浮世虚伪之机械生活，以特立独行之我，立于行健不息之大机轴。袓（jiē）裼裸裎，去来无罣，全其优美高尚之天……此固人生唯一之蕲（祈）向，青年唯一之责任也矣。拉凯尔曰：“长葆青春，为人生无上之幸福”吾愿吾亲爱之青年，生于青春死于青春，生于少年死于少年也。德国史家孟孙氏，吾愿吾亲爱之青年，擎此夜光之杯，举人生之醍醐浆液，一饮而干也。人能如是，方为不役于物，物莫之伤。……青年循蹈乎此，本其理性，加以努力，进前而勿顾后，背黑暗而向光明，为世界进文明，为人类造幸福，以青春之我，创建青春之家庭，青春之国家，青春之民族，青春之人类，青春之地球，青春之宇宙，资以乐其无涯之生。乘风破浪，迢迢乎远矣，复何无计留春望尘莫及之忧哉……

李大钊就是这样的学贯中西，文通今古。他的理念打通了哲学、史学、科学；他的主张整合了人生观、价值观、自然观、文化观；他的人格完美了革命家、思想家、义士、学人；他的文章古色古香、经典纯朴、至诚至善、如火如荼。他是先锋猛士，代表了汹涌澎湃的时代潮流。国家危难，召唤出一大批诗家学者成为英雄豪杰仁人志士，而和平小康的幸福，对利禄之徒也会成为低俗丧志的温床。李大钊等革命先烈的在天之灵，当然会为后来的革命胜利与国家建设发展而欣慰，为万里长征的第一步第二步第三步而庆幸，同时，也会为种种新挑战新考验尤其是精神面貌的不如人意而充满期待与忧思。面对李大钊的青春论、青春义、青春血、青春旗帜，在这个给了中国更多机会的时代，面对新的使命，我们应该怎样选择，怎样行动呢？

读书三议

一、读书与看光盘

以我个人为例，前四十年，周末的主要活动是读书，读书给了我对于生活的发现、感触、理解与方向，读书充实了我的青春，读书满足了我太多的精神需求。

后三十多年，读书占我周末活动的第二位，更多的时间是看电视、看电影等。

很简单，多媒体的音像传播，更生动，更真切，更直观，更省脑力与目力，更能满足感官的与观赏的需要。越来越多的人通过多媒体接受作品，而不是通过专心致志的阅读，以至于不断有人宣布文学正在衰亡。

同样正确的，而且更重要的是，语言文字是人类思维的符号与依托，正是相对不那么直观真切的语言文字以及延伸为图表算式公式这些符号性成果，使人的想象力、逻辑思辨能力、记忆力、表述与传授能力与综合判断的能力发展到前所未有的水平。读书的思维强度，大大地高于看光盘。

还有，阅读是我读、我思、我问、我答、我完成；而多媒体的全面性使你感到，你是在被看、被听、被3D乃至4D、被传播灌输满满。

阅读多了人多半会聪明些，固然聪明不一定就正确。光盘看多了，也许会变得犯傻一点。这个看法不知对不对？

就是说，以多媒体代替相对枯燥一些、但深刻得多也概括得多、精神能力发挥空间阔大得多的读书，其结果可能是精神能力的退化。读书能读出辜鸿铭、鲁迅、胡适、钱钟书、季羡林……来，看盘则不能。所以看盘的人比读书的人多多了，而认真阅读是追求精神提升的必由之路。

有志者除实践实习实验外，最好以读书为获取知识学问的首要方式，以其他为辅。

二、浏览是阅读的下滑

阅读包括浏览，但浏览不等于阅读，更不等于苦读、攻读、精读。信息不等于学问，更不等于见识、智慧与品质。被传播不等于真正接受与收获。

技术发展，使人们获取信息日益便捷化、舒适化、海量化。但请想想，任何代替人力的科学技术的发展，在便利于人的同时，会引起人的能力的某种退化。例如优秀马拉松运动员多半出自道路与交通工具不那么便捷的地区；空调越是进步，人的耐寒耐暑热的能力越会减弱；音响技术的发展使一些歌手的声带运用能力降低。同样，浏览的发达，往往会造成信息获取的平面化、八卦化、消费化、垃圾化……最终白痴化。

什么是白痴化呢？什么都耳濡目染一二，什么都真伪莫辨、是非不分。没有分析、没有判断、没有发展，没有举一反三、没有见贤思齐，没有综合、没有创造、没有深化。也就是平庸化、思想懒惰、人云亦云，知道多，其实糊涂。

例如，网调的结果是中国网民最最读不下去的书乃《红楼梦》，是中国的四大名著，是世界的名家名著。这与其说是阅读者的某种反应，不如说是不阅读的丢人现眼。

三、读点费点劲的书

读书的亮点在于照亮生活，生活的亮点包括积累智慧与学问。生活与读书是互见、互证、互相照耀的关系。书没有生活那么丰富，但是应该更集中了光照与穿透的能力。

有价值的书籍，特色在于它高于一个时期的平均认知度，能穷千里目，是攀登更上一层楼的结果。它其实志在精神的喜马拉雅高峰，它提高着而不是降低着也不是迎合着大众，其认知水准绝不能比平均认知水准更愚蠢与更低下。文化的大众化利于文化民主，但同时也难免产生文化垃圾。当然还有故作高深的垃圾。

同时，文化瑰宝绝对不是迎合的产物而是天才与勤奋、献身与奋斗、攀登与升华，然后才有万民的有效接受的产物。就像看一部电影或一台演出，赏心悦目，很轻松也很随心所欲，不一定就是最好的电影或演出，而能够引起思索、引起咀嚼、引起推敲与辗转，却会让你获益更多。

我主张读一点费点劲的书，读一点你还有点不太习惯的书，读一点需要你查查资料、请教请教他人、与师长朋友讨论切磋的书。除了有趣的书，还要读一点严肃的书。除了爆料的书、奇迹的书、发泄的书，还更需要读科学的书、逻辑的书、分析的书与有创新有艺术勇气的书。除了顺流而下的书，还要读攀缘而上、需要掂量掂量的书。除了你熟悉的大白话的书，朗诵体讲座体的书，也还要读一点书院气息的书，古汉语的书，外文的书，大部头的书。除了驾轻就熟的书以外，还要读一些过去读得少，因而不是读上十分钟就博得哈哈大笑或击节赞赏，而是一时半会儿找不准感觉的书。

当然人们有时喜欢休闲的书，一笑了之的书，自我慰藉的书；但毕竟还有书能够使你发现新领域、感受新天地、寻找更好思路和更高质地，使你接受新的洗礼。

有时候书好，但是我们读得拙笨而又辛苦：“鲁叟谈五经，白发死章句。问以经济策，茫如坠烟雾。”这是李白形容的某种书呆子。有时候是黄钟喑哑，瓦釜轰鸣，读起书来总有人弃珠玉精华而拾假冒伪劣。还有时候是形成了陈陈相因的学风，使读书变成苦役，例如贾宝玉就对乃父的提倡读书一百个不接受，而贾政对读书问题的指示是：

> 那怕再念三十本《诗经》，也都是掩耳偷铃，哄人而已……我说了：什么《诗经》、古文，一概不用虚应故事，只是先把《四书》一气讲明背熟，是最要紧的。

贾政连孔子主编的《诗经》都要否定，无非是因了《诗经》中多了一些生活和人性。这是“怎么乏味怎么来”的无灵性、无性情、无丝毫活人气息的读书论，是与人性为敌、与青春为敌的读书论。

我们今天的国人是多么幸福，再不会受到贾政式的训诫了。但是今天又出现了另一种恶劣与堕落——用白痴浏览、八卦阅读、趣味泡沫来铲平砌滑自己大脑中的沟壑，来否定古今中外的文化精华。

在2015年的世界读书日，我要说的是：不做懒汉，不做侏儒，用脑阅读！用心阅读！用阅读攀登精神的高峰！

有关“十六字真言”

习近平总书记在十九大报告中指出，“没有高度的文化自信，没有文化的繁荣兴盛，就没有中华民族伟大复兴。要坚持中国特色社会主义文化发展道路，激发全民族文化创新创造活力，建设社会主义文化强国。”对此，我们需要有更多的深思、热议、体悟，特别是对于优秀传统文化的挖掘、开拓、消化、选择，把传统与现代，与社会主义的现代化、与中华民族的伟大复兴包括文化复兴结合起来。

这使我想起最近在文史馆举行的论坛上的一个发言，讨论十六字的万世心传，或者叫作心法。它指的是《尚书·大禹谟》上所说的“人心惟危，道心惟微；惟精惟一，允执厥中”，就此我想讲一点对于传统思维模式和价值选择模式的体会。

记载说这是尧舜禅让时候的十六字真言，但是明清时期已经被确认伪造，有关文字史料是汉代博士伪造的：前二句《荀子》里面已有，后一句则出自孔子的思想。

但是它也已经流传了几千年，并且这些话说得非常好，清朝的乾隆与咸丰两位皇帝都有为其中名言的题匾。看来为中国传统文化定性并不容易，你说它是伪造的，比如说岳飞的《满江红》也是伪造的；但它又是我们非常重要的文化遗产，我们既不必迷信它，又不能轻易对它采取一种轻视的虚无主义态度。

这十六字真言中有三条令人印象特别深刻，一个就是这句话把“天”和“人”结合起来、“道”和“心”结合起来，天人合一，道心合一。最关心的是世道人心，这是儒家的观点。实际上，这个观点一直到现在都有所体现，包括在有中国特色社会主义生活当中、中国共产党的活动当中，我们仍然看得出来对于“心”的重视。

为什么说人心惟危呢？因为人心是一个变量，它时时在发展变化矛盾动态之中。一方面，掌握权力的“心”是有危险的，可能碰到困惑，有可能上当、走上邪路。比如说高官大臣变成了人人喊打的贪腐罪犯。

另一方面，民心也不是一成不变的，可以载舟，可以覆舟，可能凝聚强大，也可能出现问题。所谓大舜给夏禹的忠告就是认真谨慎地对待己心与民心人心，万万不可掉以轻心。

故此毛主席喜欢讲“处以公心”，喜欢讲“全心全意”而不要“三心二意”为人民服务。

习近平总书记也讲“不忘初心”“留住乡愁”，就是说我们应该有一颗讲理想讲信念的心，纯正的心。古人说“正心诚意”这个“心”好了，别的事就容易办好，这种想法是很有意思的。而这个“心”不要简单看成是一个主观唯心主义命题，它是和客观规律相结合的。

“道心惟微”，这“道心”是非常微妙的，但是“道”在人的“心”里面，人才能够体会到是微妙还是不微妙，或者说找得着北，还是找不着北；可是反过来说，“心”又是在“道”里面，因为道的规律就是心的规律。道家说法中，“道”就是“天道”，道就是天，天就是道。天是自然的存在，天又是道性的存在，道性的体现。“道”是我喜欢用的一个字，是中华传统文化所培养、所寻求的一个“概念之神”，到了“道”就是终极了，既是本源也是归宿，既是规律也是存在，既是自然也是精神、也是人文，既是信仰也是道德、也是行政。今人讲的权力的合法性，在古人那里，叫作“合道性”。天下有道，就是政通人和，就是太平盛世。天下无道就会天下大乱。

“惟精惟一”就是你要下最大的功夫，你要对它保持最大的敬畏。你要如临深渊，如履薄冰，容不得半点差错。“惟一”还有一个意思是坚持到底，始终如一，而马克思对他的女儿说他最喜欢的品质恰恰是“目标始终如一”。

“允执厥中”，“允”是公允、深沉、谨慎、公正，这是允。“中”不见得是很多人解释的正中间，而是最准确的地方，“中”在这里也许更应该读第四声。我称之为中庸理性主义，很多国家都是经由一个从信仰主义的激情到科学、逻辑、理性的发展过程。“中”是孔子很早就提出来的，他说小人反中庸而君子中庸。精神层次低的小人容易情绪化、片面、偏激，乃至于随大流起哄，成事不足，败事有余。用现代语言来说，中庸就是反对极端、分裂、恐怖主义。就是如习近平同志十九大报告中所说的涵养理性和平的心态。

我非常喜欢的故事是《列子》中，子夏问孔子：颜回怎么样，孔子说颜回很仁，我比不上他。子贡怎么样？子贡雄辩，我比不上他。子路怎么样？子路非常勇敢我也比不上他。子张怎么样？子张严肃庄重，我也比不上他。子夏就问说那些方面你都比不上他们，为什么他们跟你学呢？孔子说颜回仁心强，但不知变通，就会成为妇人之仁、窝囊之仁；子贡善于辩论，但是他只知道会说，不知道谦让、不知道该沉默的时候沉默；子路只知道“勇”而不知道“怯”，我们知道毛主席还说过敌进我退、“打得赢就打，打不赢就走”；子张有严肃一面，但是不知道怎么样该随和的时候要随和，要和别人保持适当一致。

我们常常听到这样很有中国思维模式的说法，有些我们甚至觉得很俗气，但是这些说法都特别好。这种思维模式是全面思维方式，是周而不比、统筹兼顾，既要这样又要那样，既可以这样也可以那样的模式，是一种有巨大调整空间的思维方式。

从“人心惟危、道心惟微；惟精惟一，允执厥中”十六个字中，我们可以看出一个特点，就是中国这些学问家的名言都求简单，这十六个字已经算是非常多了，很多学者甚至希望只说一个字就能解决最好。中国“士”的最高追求是“为帝王师”，所以孟子早就说“博学而详说之，将以反说约也”，最后目的就是简单化、简约化、实学化。为什么最后目的是简约化呢？因为中国学问是“经世致用”的。

黑格尔是学者，看完老子书之后惊叹不已，看完孔子书则很失望，说还不如不看，看完以后他觉得孔子说得太简单了，都属于常识性的东西。但是伏尔泰不这么看，他认为孔子非常伟大，因为伏尔泰是做启蒙的，他反对的是僧侣主义，僧侣主义就是什么东西都从上帝那来。而孔子没有从上帝那里来，孔子说“己所不欲，勿施于人”，能够不用上帝而将人间的真理说得这么合乎逻辑、清晰明白，这是全世界都找不到的伟人，所以伏尔泰大大赞美孔子。世界上对中国传统文化的看法就各不相同。

中国的这种“经世致用”、追求简略的传统，使我们看到十六字真言的时候，有时候觉得伟大、可爱，有时又觉得简直没有办法理解，即便看懂也不见得真的懂了，包括我现在这样说，我也不见得真懂。你要找专家来，只“心”这一个字就可以讲一年；一个“微”字讲得就更多了。这是有好处的，话语越简单越有发挥和解释的空间，越有发展革新的可能。

所以说在20世纪后半期，各社会主义国家搞改革的时候，世界各国的政要只看好中国的改革，而坚决看衰苏联东欧。不管是撒切尔夫人、布热泽斯基还是基辛格，他们都觉得中国的改革可能成功，但是俄国是绝对搞不成的，因为俄国是“非敌即友，非友即敌”的思维方式。所以，这种简约精粹又非常灵活的中华思想，其思维模式和价值选择模式是很有意义的。

习近平总书记在强调继承和弘扬传统文化的同时，从来不忘记强调对我们文化传统要进行创造性的转化和创新性的发展。所以不管是礼义廉耻、仁义道德、温良恭俭让也好，或是各式各样的美德也好，我们都必须和现代、和全球化、和改革开放、和生产力的大规模发展、和21世纪所表现出来的科学技术正在改变生活方式的现实结合起来，因为我们的传统文化本身是动态的，是需要不断进步、不断发展的。

小品

今天读《论语》

今天还要不要读《论语》？我说要读。不读就不知道中国国情与中华文化。虽然《论语》从当初就受到道家、法家及一些著名人士的质疑，近现代以来更受到极大的冲击与反省批评，但它仍然活在中国人的心中。“礼失求诸野”，虽然《论语》早已不是主流意识形态的头号经典，但它仍然令国人感到亲切动人。戏曲中所提倡的“忠孝节义”，人们对于“以德为先”的认同，对于忠臣奸臣、清官赃官的析辨，对于敬天积善、古道热肠、崇文尚礼、勤俭奉公的推崇，都证明着《论语》的活力至今犹存。

《论语》记录的是孔子为代表的一些人，处于乱世、面对血腥的争夺、忤逆、阴谋，挽狂澜于既倒的努力。《论语》提倡的是文化理想主义与道德理想主义，主张从人的善良本性、从孝悌出发，发展忠信礼义的美德；以仁爱为核心，优化世道人心；“为政以德”，以道德引领家国，以礼法规范社会，维护秩序。《论语》说的是，执政者的首要任务是教化，首要要求是示范作用，首要职责是“修己”“安人”“安百姓”。

《论语》中孔子说“德之不修，学之不讲，闻义不能徒，不善不能改，是吾忧也”，这些话，两千五百年后的我们，仍然深有同感。

孔子提倡的君子之道，对于今天提高思想境界与为人修养，仍有很大的参考价值。他提倡的中庸之道与多种美德，也有助于我们统筹兼顾、恰到好处、平衡完善。

《论语》讲的劝学诸语，“见贤思齐焉，见不贤而内自省焉”，可与今天的学习先进与批评自我批评对接；“三人行，必有我师焉”“十室之邑，必有忠信”，提醒我们充分调动精神生活中的积极因素；关于“举一隅不以三隅反，则不复也”，也在告诫我们不能搞本本主义；尤其是“学而不思则罔，思而不学则殆”的说法，在今天的网络时代、信息爆炸时代，更有其特殊的切实性与深刻性。

读《论语》，我最感动的是它的“反求诸己”精神。孔子引用诗经上的诗：“唐棣之华，偏其反而，岂不尔思，室是远而”，意思是唐棣的花枝，在风中摇摆，我怎么可能不思念你呀，我离你实在是太远了啊。孔子评论说：“未之思也，夫何远之有？”美好的德行与理想，想就是有了，你想都没想，谈得到什么远与近呢？孔子说：“仁远乎哉？我欲仁，斯仁至矣。”

文化是生活，也是理想。《论语》的理想并没有全部落实，但这不是贬损《论语》的理由。理想永远高于现实，美好的理想正是美好的文化元素，是对现实生活的不可或缺的感召。

《论语》很美好，它的思想有利于社会的稳定与文明化。历代统治者拼命树立儒学的地位，反而使儒学呆板化皮毛化停滞化。但儒学仍然不但起着维护统治的作用，也起着对于权力系统进行文化监督与道德监督的作用。朱熹对于《论语》下功夫，曾被当时的统治视为危险人物，便是明证。

五四新文化运动与其后蓬蓬勃勃发展起来的人民革命文化，给了《论语》代表的传统经典以很大的冲击，但也是一个破旧立新、起死回生的洗礼。我们要的是对于传统文化精华的珍惜与弘扬，是最大地开拓我们的精神资源，是面向世界、面向未来、面向现代化的新发展新创造，是读通吃透《论语》的新境界新水准，并且使之与五四新文化运动与人民革命文化整合，使中华文化踏上新的台阶。

泪点之惑

那天看一个享誉全国的电视节目，其中有一段是表现天安门国旗护卫队的，光明豪迈，响遏行云。这时荧屏上话锋一转，说是护卫队的解放军战士离家乡几百里地，有些时间没有回家了，一次老爹从家乡来到北京，亲眼看到正在执勤护国旗的儿子，但儿子不能与老人家拉呱，如此这般，终于在经验丰富，形象美好的节目主持人启发下，战士哽咽，观众感动起来。

我知道电视人的行话，管这样的节目节点称作“泪点”。我见过导演、责编的书面计划，何处有泪点，有笑点，有什么什么点，都写得很清楚。不免困惑，即产生疑点：

战士执勤时不可以接待亲友，不能闲话，这有什么可哭鼻子的吗？护士在打针，医生在操刀，民航人员在天空，厨子在炒菜，节目主持人录像，老师与学生上课，能同时招待爹妈吗？这里哪儿来的泪点？

这位老爹看到自己的儿子雄赳赳、气昂昂地在天安门广场护卫国旗，他感到的难道不是自豪与快乐，而是不能与儿子说家长里短的悲痛?

老爹有只看儿子几秒或几分钟的日程规矩吗？他多看看，等到儿子完成任务后再话话桑麻、说说娘亲不可能吗?

电视节目里有点人性的东西，有点催人泪下的内容，当然是可以的，把制造泪点闹成提高收视率的法门，是不是有点烦人呢?

感情情感，不可无，不可滥，不可努劲制造。情感云云，也不能停留在泪点上，可以笑，可以亢奋，可以沉思，可以严峻，也可以坚忍与强硬。

希望不再在电视屏幕上看到挤嘉宾与观众的眼睛的拙劣与不通。

道通为一

——从传统经典看中华文化的特点

“道通为一”这句话来自《庄子·齐物论》，“故为是举莛与楹，厉与西施，恢恑憰怪，道通为一。”意思是说，细小的草棍和一个大柱子，一个丑陋的人与美女，宽大的、畸变的、诡诈的、怪异的等千奇百怪的各种事态，从道的意义上讲，都是相通而浑一的。与其他中国古代圣贤相比，庄子很强调“通”的概念，给人印象很深，颇值得思考。

我为何要找出这么一句话来谈呢？现在很强调传统文化，但传统文化的内容太广泛了。我曾听过一件事，一批教授去访问美国，美国的听众问：“你们说中华文化博大精深，可以跟我们说说，怎么博大精深的吗？”一位教授回答：“博大精深，又博、又大、又精、又深，这怎么能说呢?”这样的“不可说”未免令人哭笑不得。我作为一个传统文化的学习者和爱好者，一直在思考，我们中华文化能否从整体上，从宇宙观、人生观、价值观和方法论上，概括一下？我们可以从哪些角度来谈传统文化？我抱着向读者求教的态度，来试着谈一谈。

中华文化的理想追求

首先，我认为，在中华文化中，最突出的理想是“天下为公、世界大同”。《礼记》里说，“大道之行也，天下为公，选贤与能，讲信修睦。故人不独亲其亲，不独子其子，使老有所终，壮有所用，幼有所长，鳏寡孤独废疾者，皆有所养。男有分，女有归。货恶其弃于地也，不必藏于己；力恶其不出于身也，不必为己。是故谋闭而不兴，盗窃乱贼而不作，故外户而不闭，是谓大同。”无论是过去，还是现在，我们对于世界大同的理想十分坚定。

中国古代的理想追求，还有一个是“无为而治”。“无为而治”是老子的话，但孔子其实也把“无为而治”看作一个很高的标准。《论语》快要结束的时候，孔子说：“无为而治者，其舜也与？夫何为哉？恭己正南面而已矣。”能够做到无为而治的，不就是舜吗？舜也没有做什么事情，只是端端正正坐在北面，向着太阳，各种事情就都有条理地展开。老子说，“太上，不知有之”，为什么会这样呢？因为老百姓都非常自觉，一切行为都符合公德、符合他人利益、符合社会全体的利益，就好像一个人开车完全符合交通法规，那他就根本不用考虑哪儿会有交警。而权力存在的最糟糕状态是什么呢？老子说，“其次，侮之”，就是权力和被权力管制的人之间相互轻蔑。所以，老子设想了这样一种理想状况：“功成事遂，百姓皆谓我自然。”事情办好了，老百姓都认为这是他们自己做的，是自然而然的。老子还有更深刻的一句话，“圣人无常心，以百姓之心为心”，这强调了权力的意图应与人民的意图保持一致。

尚德　尚善

中华文化的理论有一个非常有意思的循环统一机制。比如治国平天下，依靠的是文化、道德、仁爱，实行的是仁政，道德上有示范作用，才能得民心、得天下。它号召用道德、仁爱、善良等来治理国家。而人的道德与善良从何而来？《孟子》里说，“恻隐之心，人皆有之；羞恶之心，人皆有之；恭敬之心，人皆有之；是非之心，人皆有之。”孟子强调，人性本来就是善良的。老子也说，“能婴儿乎？”这是老子对初心的提倡，要和婴儿一样天真无邪，善良纯真。古之圣贤认为，人性是善良的，都会自觉地不做危险的事情，所以执政也需要宣传仁爱的政策，才能得民心，而民心就是天道，符合民心，也就是符合了天道。

在中国古代文化中，天是一个笼统而复杂的存在，对于“天”这个概念，孔孟喜欢从道德伦理上总结，而老庄喜欢从哲学上总结。总的来说，天既是超人性的神性力量，又是我们整个存在的总括。天即道，道是没有名称的，既是本体，又是方法；既是精神，又是物质；既是起源，又是归宿；既至大，又至小、至微、至精；既是正面的，又是反面的。所以天的概念，既是哲学的概念，又是道德的概念，还是通向信仰的准宗教概念。这样一来，中华文化就出现了一个景观，把修身、齐家、治国、平天下统一起来了；把天性、人性、为政、道德、信仰、终极追寻统一起来了。从这一点上说，我们可以理解，中华文化很大的关键就是崇尚道德、崇尚性善，可以说这是一种理论，也可以说这是一种信仰。当然历史上也有“性善”与“性恶”的争论，但在事实上，性善的观念长久以来已经被老百姓所接受，已经深入世道人心，所以某种意义上，它从思想变成一种信仰，中华文化的一个特点就是“诉诸天良”。

尚一　尚同

中华文化还讲求尚一、尚同。现在世界上很难找出一种文化像中华文化这样，有这个概念——通了之后要同，通就是同，同就是通。道通为一，就是多种角度说来说去，其实是同一种道理。尚一、尚同是因为中华文化追求一元论，同时追求一与多的统一。老子讲：“天得一以清，地得一以宁”“一生二、二生三、三生万物”，孔子说“吾道一以贯之”，孟子说

“（天下）定于一”，中国人还爱讲“一即一切，一切即一”……看到了一，也看到了多，看到一与多的转换，强调掌握一以后，什么都解决了，所谓“一通百通”。

孟子认为，实行仁义其实是很简单的，只要善良一点就可以了。实行仁义并不像“挟泰山以超北海”那样艰难，实行仁义就好像“为长者折枝”，只要把树枝撅下来就可以了。到了王阳明那里，强调知行合一，认为只要安了好心，就可以干好事。而在孙中山那里，又强调“知难行易”，这是因为他看到，很多关键问题的解决，先是需要改变观念。有些外国人不了解中华文化的背景，就会得出一些偏离实际的判断，比如黑格尔对孔子的评价就比较低，他认为孔子说的事情都是常识以内的东西，甚至算是幼儿教育。但是黑格尔不知道，中国恰恰是把常识以内的事情看得很重，这也是化繁为简的思维方法。

中庸之道与穷通变化

中华文化很注重中庸之道。国家太大，治理需要依靠精英，这样的精英有一个特点，在孔子那里就是讲求“中庸”，孔子说：“君子中庸，小人反中庸。”我称之为中庸理性主义，既不要过于峻急，也不要过于迟缓，应当恰到好处，掌握分寸，留有余地。《论语》最大的特点就是恰如其分。孔子说：“不义而富且贵，于我如浮云。”他鄙弃不义得来的富贵，但他只是说“如浮云”，像浮云那样一晃而过，并没有说其他丑恶的词，这体现了孔子语言的分寸感。在孟子的时代，认为精英就当如“富贵不能淫，贫贱不能移，威武不能屈”的大丈夫。庄子是从另外的角度说的，他强调有至人、有真人。

中华文化很早就提出“化”的观点，《周易》说“穷则变、变则通、通则久”。什么事情碰到钉子，无计可施了，这就是“穷”，穷就要变，变了才有出路，才可维持下来。到了庄子的时代，更喜欢用的字是“化”——与时俱化。“化”与“变”相比，有些悄悄发生变化的意思。所以，千万不要以为中华文化讲仁义道德、一和同、天下定于一、吾道一以贯之，似乎很呆板。其实中华文化一点儿都不呆板，比如中国人承认有多种多样的选择性。孟子说，“穷则独善其身、达则兼济天下”，如果我没有条件，我就把自己管好了，如果我有条件了，我就为天下百姓与君王效劳。孙子说：“故善战者，立于不败之地。”充分理解战争的人，永远不会让自己变成殉葬者。孟子评价孔子，说他是“圣之时者”，这句话是什么意思？就是说孔子生活的时代千变万化，民不聊生，国无宁日，孔子如果不随时调整自己，把握分寸的话，他早就灭亡了。

在中国，不同的思想理论可以想办法走通。老庄主张以退为进、以弱胜强、以无胜有。老子甚至主张，柔弱是生命的特色，坚强是死亡的特色。当然，这个说法我们是存疑的。但从侧面说明，中华文化从来都不是僵硬的文化。20 世纪后半期，当社会主义国家纷纷进入改革的时候，西方的一些政要，比如撒切尔夫人、基辛格等人都对某些国家的改革不看好，而上述这些人却说，改革唯一可能成功的是中国，原因之一是中国有独特的文化，该坚持的继续坚持，该改革的就改革，化之于无形。全世界能够迈开这么大步子进行改革开放而又保持稳定局面的，只有中国。我们当然不能无原则地自我吹捧，但中华文化适应调整、变化的能力，统筹兼顾、面面俱到的能力，世界上罕有其匹，这也是中华文化重要的特点。

价值观，向人心喊话

核心价值观的培育与践行，一直备受重视。我以为，这是对于世道人心的喊话。

孔子说："德之不修，学之不讲，闻义不能徙，不善不能改，是吾忧也。"

同样的课题，两千五百年后的我们也面对着。

就是说在发展与改革都迅速进行的条件下，我们需要精神上的稳定与光明，需要一种精神的清晰：什么是好，什么是坏，什么是理念，什么是底线，什么要称赞，什么要避之唯恐不及，不能糊里糊涂。

就是说，我们要做好人，树好心，做好事，不能作恶、做贼、做伪、做违法乱纪、做倒行逆施。

贪腐是使不得的，干部只能做清官，不能做贪官。假公济私是使不得的，偷工减料与偷奸耍滑是使不得的，人人要做得到敬业与诚信。害人的事是不能做的，人应该友善待人。而爱国与否，更是含糊不得的大义所在。

价值观不是凭空制定的，公道自在人心，价值自在人心。

自由平等公正法治的标示，体现了中国特色社会主义道路已经成为社会的共识。社会层面价值建设的这八个字，传承了天下为公与成仁取义的中华文化传统，总结了从旧民主主义革命到新民主主义，到新中国的社会主义建设的中国的历史实践与人心所向，弘扬了中国人民面向世界、面向未来、面向现代化的历久而弥新的创造性追求。

富强，则是鸦片战争以来世世代代中华有识之士的梦寐以求，是近一二百年以来的一座血泪丰碑。民主与法治，文明与和谐是富强的前提与保证，是发挥巨大人口的积极性、能动性而又为快速发展减震的关键。文明与和谐同时满足的，是我们的历经半封建半殖民地的贫穷落后愚昧无知与各种锻炼考验后的精神饥渴。

“恻隐之心，人皆有之；羞恶之心，人皆有之；恭敬之心，人皆有之；是非之心，人皆有之。”核心价值的根源在于孟子所强调的人心，要向人心喊话，要贴近与引领人心。价值建设的关键在于与人心的对接。“礼失求诸野”，中国人心的传统文化积淀仍然根深蒂固，同时要进行创造性的转变与创造。

更要珍惜五四以来新文化运动与中国人民革命的种种经验教训与文化成果。而最最重要的成果是改革开放，走向社会主义的现代化。人心可用，世道可优，传统可取，现代化的目标正在靠近。我们在价值建设上的工作可以做得更深入更亲切更融会贯通。

2015年6月23日

艺术观与艺术品

阅读《论语》《孟子》，会对二位圣人引用《诗经》、规范礼法、教化世道人心的思路印象深刻。不论这样一个以教化为核心的文学观是不是还有扩充的精神空间，但是它不会影响你对孔孟喜爱引用的诗句的看法。不论是孔子引用的“唐棣之华，偏其反而”，还是孟子引用的“谁能执热，逝不以濯”，还有脍炙人口的未被引用的诸多诗语：“执子之手，与子偕老”“窈窕淑女，君子好逑”，都是以诗味的隽永亲切、民风的纯朴生机、文字的简约诚挚，打动了数千年读者的心。

为教化而艺术，为兴观群怨而艺术，在中国源远流长。与为艺术而艺术、为发泄而艺术、为金钱而艺术，或绝对自由无目的无追求的艺术相比较，自有它的来历与道理。而在这种艺术观的笼罩下出现的作品，其意义，却不限于单纯的教化。

艺术精神是各式各样的。土耳其作家菲利特·奥尔汗·帕慕克所写的真实的或虚构的关于细密画的历史故事，令读者震惊。例如他的名著《我的名字叫红》中，所写的细密画家渴望自己眼睛变瞎，以摆脱凡俗肉眼对于世界的观察与印象的书写，代之以艺术的神性高扬与凛然郑重，就令人毛骨悚然。但是此种震惊无碍你对于特定艺术品的喜爱，它们优美迷人、牧歌情调、如诗如梦。九年前我有幸去过伊朗，对那里的细密画挂毯爱不释手。某种可能的艺术观或使你感到陌生、难于理解，但是艺术品却是喜人、醉人、与你无间无等差的。伊朗二十世纪细密画家奥斯坦·穆罕默德·法尔希奇扬的作品就无障碍地受到了全世界的肯定，被尊为“色彩神话的大师”。

文学与文学奖

从前没有文学奖，屈原、李白、曹雪芹都没有得过奖，也没得过稿费版税。莎士比亚与巴尔扎克，但丁与塞万提斯，都与奖项无缘。现在没有了屈李曹莎巴但塞了，却有了各种气势不凡、金额不俗的奖。这样的奖，规格高、风头劲、动静大、争议多，令人视网膜充血。

在挪威，人们说，当年易卜生的戏剧名声很大，但是内容与台词过于尖锐，最后诺贝尔文学奖给了另一位剧作家比昂松。在阿根廷，有人质疑为什么拉美文学的教父博尔赫斯没有得奖，却是哥伦比亚的加西亚·马尔科斯与秘鲁的略萨获奖。在日本，有人说，三岛由纪夫自杀除了他受军国主义意识形态的煽乎以外，也与开风气之先的他没有获得诺奖而是川端康成获奖有关。呜呼哀哉！

至于俄罗斯，更没得说，使中国的读者如醉如痴的托尔斯泰、屠格涅夫、陀思妥耶夫斯基、契诃夫……他们其实都赶上了诺奖时代，但他们都与诺奖不沾边。那么在中国，由作家团体评一两个奖，每届奖了不少作品不少人，就更加众说纷纭了。有遗珠之憾，有不遇之悲，有酸涩苦辣、别一番滋味涌上心头，也有敢骂作协与红十字会的勇猛。

“文人相轻，自古而然……夫人善于自见，而文非一体，鲜能备善，是以各以所长，相轻所短。里语曰：‘家有敝帚，享之千金。’斯不自见之患也。”一千八百年前，曹丕在《典论·论文》中已经说得很透。何况当今，文学奖除了有文学性以外还有政治性、意识形态性、公关性、话语权力性、涉嫌可操作性等。有几个写作人做得到有足够的文学自信，对于获得或不获得大奖清明淡定处之？

程序能帮助文学？

1993年，在纽约华美协进社的一次演讲活动中，美国一位咄咄逼人的女性笔会秘书，言之凿凿地告诉我：某一位中国诗人该年将获得最牛的文学奖，而且追问中国同行会有什么反应。我在表示对她发布消息的可信性有所怀疑的同时说："有人高兴有人不高兴。"她一听二目放光，追问怎么会有人不高兴，我说："您不知道吗，所有的作家都认为他或她自己才是最好的，他们怎么会承认某某是更优越的呢？"

我还在台湾说过，有两种获奖，一种是由于获奖而使某种奖项增加了权威性与公信力，一种是由于获奖而使获奖人沾光，突然走红。这些，都属于传播学范畴，与文学关系不太大。只有对于自身、对于文学没有信念的人才念念于斤斤于这些玩意儿。

至于致力于评奖程序的完善，对于从事评奖的工作班子非常重要，对于文学，意义天知道。文学需要妙悟，需要知音，需要掂量，更需要时间、历史、民族与人类的反复推敲判断探索。有多少一时热火朝天的书早已经被历史弃如敝屣，又有多少艰难挣扎出生的书历久弥新，行远益善。文学谈得无精打采、肤浅呆木，奖、程序与天知道有没有的内幕变成了传媒的热闹话题，这是中国之悲，文学之狗血，精神生活之枯萎。文学作品毕竟是大家看的，又是见仁见智、没有统一数字化标尺的，即使搞全民公投也未必评估得精准。关键在于能不能公开地、足够专业与认真地就重要文学作品研究讨论争鸣，努力去建立社会的文学评价权威。

美在简约，美在单纯

小时候学会了唱《卿云歌》，它是《尚书·大传·虞夏传·卿云歌》的头四句：“卿云烂兮，纠缦缦兮，日月光华，旦复旦兮。”

七十多年过去了，越上年纪，越为这十六个字而叹服倾倒，热泪盈眶。卿云烂兮，这是说天空的云彩。仰望长空，心旷神怡，云霞灿烂，瑞气万方，昭昭天象，清平世界，敬畏感恩，颂而祷之，四个字什么都有了。

纠缦缦兮，有了一种动态，云霞纡缓、回旋、延长，从容不迫，动态中包含了无奈、沮丧与漫灭的忧伤，包含了对于虞舜禅禹的欢呼与对于舜的退休的依依不舍，内涵丰富。

日月光华，是此歌的重点，不但白天有日，夜晚有月，而且，天朗气清，光华澄澈，明亮通透，驱散阴郁雾霾恐惧困惑。这里最美的字是华，日月光华，四个字道尽了神州大地人子的幸福感满足感光明感颂扬感。

华字是中华汉字中最美丽的一个字，中华、光华、年华、华年、风华、岁华、精华、物华、华彩、华美、华章、华辞、华赡、华诞、华灯、华丽、华姿……都是那么美好酣畅。而少数“华靡”“华而不实”的贬义说法，也提醒着物极必反的深刻道理。

“旦复旦兮”则包含着自勉、自强不息、自我驱动、一天一天，“所有的日子都来吧”，“逝者如斯夫，不舍昼夜”的含义。

非常原始，非常单纯，非常善良，非常快乐。那时候国人还没有学坏，那时天下为公，唐尧将天下禅让给虞舜，虞舜将天下禅让给夏禹。那时候没有那么多的权力斗争地盘斗争宫廷斗争阴谋诡计血腥厮杀。那时候人们没有学会说那么多的话，没有那么多的巧言令色忽悠牛皮。那时候正是“天何言哉？四时行焉，万物生焉，天何言哉？”的世道，四时行万物生的前提，正是“日月光华”的“旦复旦兮”啊。

为什么好古？

都知道孔圣人的名言，他说自己是“述而不作，信而好古”。他歌颂西周，向往文王与周公。不难理解，文王武王，父子两代，血流成河，付出极大代价才推翻了暴虐的商纣王统治，开国圣君、百废俱兴、制定包括礼法与音乐的种种规矩，孔子赞西周：“郁郁乎文哉！”

所有的朝代开国时节都有一番气象，没有新气象，怎么可能聚拢人心、形成对于改朝换代的期待与欢呼？北京俚语：“新盖的茅房，三天香！”就是这个意思，反之，年代渐久，缺少新意，再好的东西变成了陈谷子烂芝麻，再好的说法变成了陈词滥调，气数就往尽处走了。

到了庄子那里，西周都觉得太晚近，他连黄帝与唐尧虞舜也要批评，他肯定的是更加远古，只到神农氏为止。

人们可能慢慢明白，好古的原因不是由于呆板，而是由于相信人类至少是本地文明的初期更有气派，更有真诚，更有信心，更有活力。好古就像是怀念童年、青年时代，不是为了渲染老气横秋而是为了恢复当年的兴旺。过去如此，今天也是一样：革命家成功以后还会时时怀念监狱刑场、枪林弹雨、火烤胸前暖，风吹背后寒。企业家回忆的是自己两手空空、白手起家、艰苦创业。文学家会回忆自己不被了解、不被重视、突然一鸣惊人，洛阳纸贵的雀跃。

万事起头理想浪漫。万事期待成功。但一旦成功了欢呼了拥护了，各方面的期望值陡增一百倍，责任增加一百倍，批评者的声势强烈一百倍，变懒变贪的危险增加一百倍。善始容易善终难，难道不是这样的吗？

文艺的发生学

关于文艺的起源，说法很多。突出的有以下三种：一说起源于劳动，一说起源于宗教，一说起源于性欲——情爱。

而综合我的经验主义观察，我常常会理解为文艺起源于母亲给孩子讲的故事。中国孩子听的多是大灰狼伪装成外婆，侵犯门闩门鼻笤帚疙瘩三姐妹的故事。它提醒孩子，世界上有各种危险。它告诉我们，对于幼小的孩子来说，世界未免陌生，尤其在夜晚入睡前，幼儿会感到不安乃至恐惧，母亲的讲述，母亲的声音，母亲的提醒是孩子最需要的爱与引领。

关于讲故事的故事，则莫于过于阿拉伯的“天方夜谭——一千零一夜”。说的是，大臣女儿谢赫拉查达，嫁给乖戾的哈里发王，哈里发由于受过不贞妻子之骗，决定每天娶一妻，第二天早上杀头。拉查达带着妹妹，来到夫君这里，给妹妹讲了一夜故事。故事引起了哈里发的兴趣，要继续听谢赫拉查达的“欲知后事如何，且听下回分解”。乃推迟杀妻行为，一天天地听听她的讲述，一共听了一千零一夜，最后取消了杀妻。在这里，文学安慰了妹妹，文学战胜了暴力与死亡，文学温和了受伤的哈里发的心，文学拯救了生命与爱情。

这些都不足为奇，这里要说的是十余年前我应新加坡佛教团体功德林之邀到那里去做文学讲座，我讲到上面的话后，主持人总结说，他非常感慨与遗憾，因为现在新加坡的母亲一般都不给自己的孩子讲故事了，现在中产阶级家庭的母亲，带孩子、给孩子讲故事的重任，都已经转移到菲律宾女佣身上去了。

文化瑰宝与文化泡沫

在全社会关心并期待文化事业的发展与繁荣的情况下，文化事业有可能出现很好的态势，有可能产生无愧于伟大时代与悠久传统的文化瑰宝，也有可能稀里糊涂地、或抱着侥幸心理装模作样地打造文化的泡沫。

什么是文化瑰宝？要看为我们的受众提供了什么样的路径、启迪、精神享受与人生智慧。例如，对于传统文化的解读并使之与现代人类文明成果的对接。例如，在教育事业与我们的民族的未来前景上的更好的思路——最终摆脱填鸭式的应试分数的呆板控制。例如出现有可能彪炳史册的有真正价值的著作与艺术成果。例如理论创新、科技创新、体制创新——从全新的眼界上解放整个民族的想象力与创造力。

什么是文化泡沫？例如，以文化的名义圈地、抢滩、贷款。愈是缺少对于文化的想象力的人，愈是容易把文化财务化、基建化、利益化。到处修建文化生态园、文化纪念园、文化名人园、文化基地、文化广场……其中有做得不错的，但也确有以文化的名义占地盖楼贷款，所谓文化搭台、经济唱戏的。我已经见过不少这样的“园”或“馆”，名义上是纪念某个文化名人，实际上有关该文化名人的展品占用不了该园或馆的面积的百分之十、资金的百分之一，展品陈旧破烂，无人问津，而所谓附加的、延伸的业务：餐饮、住宿、洗浴、按摩、婚礼服务、卡拉OK，才是主业。我也见过一家企业翻修了一个文化古迹，便从政府手中接管了一条街的店铺的主管权。

我主张，各地应该对于已有的文化设施作一次检查清理，对于以文化之名行非文化之实的园馆基地广场公司，采取措施。

再如，一方面对于已有的文化遗产不加爱惜，时有破坏，一方面任意捏造制造虚假古迹。

这里有一种说法，将文化视为一些符号。这个说法不无道理，对于商标设计、旅游广告与简明普及某种在世界上不占主流地位的文化可能管用，弄点长城、天坛、熊猫、旗袍……就代表中国了，也不是坏事。但这毕竟是浅薄的认知，有时会成为对于中华文化的廉价化、简易化与装饰化的糊弄。有时从文化符号到文化泡沫，只有一步之遥。

一些通俗艺术中事出有因地虚构一些文化符号，这本来是可以允许的，偏偏有些人又被这种通俗艺术所影响，人云亦云，越忽悠越大发，这就贻害匪浅了。例如，说中国人是龙的传人云云。在中国的传统文化中，龙是一个珍贵的动物，是王权的图腾，是管水的神灵或海洋与雨水的符号，还是一个姓氏，是风水先生形容山势的说法，等等，却从未有龙是中华民族的祖先或图腾的依据。所谓龙的传人云云，除台湾音乐人侯德健先生的通俗歌曲《龙的传人》的歌词外，再无其他理据。他的此歌，很有爱国主义激情，受到大陆受众的喜爱，但干脆就认定传人也好、民族的图腾也好，是中华文化的定论，乃至于大张旗鼓地闹起“龙文化”来或反对起“龙文化”来，这就太滑稽了。

再如在一个大型运动会的开幕式上，出现大量认真的与杜撰的文化符号，把早已经失传的中华乐器奇形怪状地批量展现出来，这固然十分吸引眼球，这固然是大导演的虚构的权利，却不能认真地以为只要奇特、神秘、巨大、古老就是真正的中华文化。

顺便说一下，作秀，来自英语的“show”，香港则译作“骚”，秀也罢，骚也罢，是一种通俗的大众化的展示，与认真的文艺演出“performing”是不同的。天才的导演张艺谋的作品极其注意秀中华文化符号，符号虽多，但真正的文化含量有限，对不起，我不能不说出来。

更大的泡沫是走文化的过场，求文化活动的规模，大花文化的经费，却忽视了文化的灵魂。晚会举行了，歌舞演出了，著名艺人来了几十几百，观众成千上万，收视率也极高，演出运用了多种现代高科技手段，出现了许多“卖点”；然而没有思考，没有头脑，没有热情，没有爱憎，没有臧否，没有深度，没有教益，没有精神的营养，也没有感情的充盈与升华。这样的文化是空心文化，是无灵魂的苍白的文化，是文化的悲哀。

再有就是我们的一些大片，片子虽然大，却显得浮肿与缺少精神的深度与强度。

美国大片的文化含量也没有超出他们的受众的平均数。问题在于，我们的大片往往达不到、大大地低于我们的受众的文化认知平均数。

作为政府管理与文化政策，凡没有触犯法律的文化活动都是可以允许的。我们还可以谅解地感谢只要能找乐、能令受众一笑的文化活动。同时，我们呼唤着的期待着的是文化瑰宝而不是文化泡沫，我们绝对不能跟着泡沫闹哄。这一点，丝毫不能含糊。

还要提防一些关于文化的似是而非的、故弄玄虚的说法。文化是智慧，是历程，是生活也是精神的梁柱，文化不是花言巧语与抒情朗诵。越是把常识范围内的道理说得无人能懂的，我们都不要相信。

初中生与博士生

我不止一次地受到厚爱，被邀约到视频或音频的传播节目中做主讲嘉宾。

我屡次被提醒被灌输的要点是：“请不要忘记，我们的受众只有初中程度，您讲深了，讲绕了，讲得太新奇生疏了，不会有多少人听得进去，听得明明白白，收视或者收听率上不去，我们的节目也就失败了。”

好的，好的，被认为能讲点什么的人，应该努力做到雅俗共赏，应该学习祖国四大名著深入浅出，覆盖万众千年，应该首先考虑人民中的大多数。针对适合义务教育九年接受者的水平，满足他们的需要。

但是我们是不是也还要考虑整个文化传播的生态。除了初中生以外，是不是也可以考虑一下高中生、高校本科生、硕士、博士、博士后还有专家学人呢？

设想一下，如果我们的传媒每天传播的信息是100%，我们可不可以希望它将其中的85%设计为主要针对初中生的节目，而其中的13%可不可以是主要针对初中教育程度以上的人的节目，最后的2%是针对博士、博士后、专家、学人的节目呢？85%以上节目争取最高的收视率，但那2%的节目，不过于考虑其收视率，而是强调它们的文化内涵、创造性内涵、探索性内涵、高端性内涵呢？

而且，整体看来，我们的传播水平、我们的视频音频内容应该是且战且进，且传且升，且走且前进的。是不是呢？

《列子》故事中的玄机

《列子》第四章《仲尼》中，讲了这样一个故事，很有点中华玄机意味。

原文是这样的：

> 子夏问孔子曰："颜回之为人奚若？"子曰："回之仁贤于丘也。"曰："子贡之为人奚若？"子曰："赐之辩贤于丘也。"曰："子路之为人奚若？"子曰："由之勇贤于丘也。"曰："子张之为人奚若？"子曰："师之庄贤于丘也。"子夏避席而问曰："然则四子者何为事夫子？"
>
> 曰："居！吾语汝。夫回能仁而不能反，赐能辩而不能讷，由能勇而不能怯，师能庄而不能同。兼四子之有以易吾，吾弗许也。此其所以事吾而不贰也。"

说是子夏向孔子提问："颜回的为人怎么样啊？"孔子说："他的仁爱胜于我呀。"又问："子贡的为人怎么样呢？"

孔子说："他的口才胜于我呀。"再问："子路的为人怎么样呢?"回答是"他的勇气胜于我啊。"最后问："那么子张的为人怎么样呢?"答："他的严谨庄敬胜过我哟!"子夏听到这里，离开座席，起立，恭恭敬敬地请教道："既然他们四人都是胜于您、超过您的，为什么他们还要事奉先生您作老师呢?"

孔子说："请坐，请听我说，颜回确实是仁爱的，但是他不明白有时候不能仁爱，(而是要分清是非，弃恶扬善。)子贡确实是雄辩的，但是他不明白有时候不要去辩，(需要的是沉默寡言，此时无声胜有声。)子路也非常勇敢，但是他不懂得有些时候要示弱，(该退则退，息事宁人，如老子说的'柔弱胜刚强'。)子张确实是庄敬严谨的，但是他缺少必要时候求同的智慧，(随和妥协，争取多数啊。)这样，就是四个人的优点全给了我，我也不能接受与他们调换的，这正是他们始终不二地以我为师的原因喽。"

大哉斯言!这就是中华文化的玄机妙理，相反相成，互悖互补，有无相生，阴阳和谐。老子说："世人皆知美之为美，斯恶矣，皆知善之为善，斯不善矣。"只有一个正面是不够的，还要看到、理解到、有办法应对各种的负面。仅仅欣赏迷恋美不足为训，你关注不关注、理解不理解、有没有办法帮助引领不够美的人士包括残疾人、畸变人、由于丑陋而找不到配偶的人、整形失败毁容的人、羡慕嫉妒恨别人的美丽并因此愤愤不平、仇视社会、仇视美好的红眼病人的生活与权益呢？仅仅提倡善德也是不够的，你有没有力量与智慧应对伪善、不善、凶恶、极端、分裂、恐怖势力呢？你有没有办法对一切丑恶虚伪凶残提供感化教育直到管理控制打击呢？

仁者不是好好先生，不是“妇人之仁”，不是多愁善感的酸秀才，不是机会主义。仁者更要有杀伐决断，原则底线，刚正不阿，疾恶如仇的这一面。

辩者尤其不能成为夸夸其谈、巧言令色的牛皮大王。要同时能够谨言慎行，聆听对方，换位思考，邦有道则知则辩则仕，邦无道则愚则讷则卷而怀之。尤其是咱们的文化传统，常常怀疑能说会道的人的人品与担当，挑剔他们的言与行、名与实的距离。英国人也懂得，好话是银，沉默才是金。

勇的含义在传统文化中更是极为有趣。古语：“知耻而后勇”“知耻近乎勇”，还有“勇者无惧”。就是说首先是对自己勇。孟子还谆谆教导，要明白匹夫之勇、敌一人之勇，与“文王之勇”、一怒而安天下之勇、敌万人之勇的区别。“有勇无谋”，历来受到传统文化的嘲笑贬低。老子甚至提出“勇于不敢”。而孟子所说的“好勇斗狠”更是全然的贬义。这里列子所说的孔子讲的知“勇”还要知“怯”，无非是说该进则进，该退则退，打得赢就打，打不赢就走，敌进我退，敌驻我扰，敌疲我打，敌退我追的意思。毛泽东的战略，玄机大大的有！

“庄”是好话，中华文化讲究的是“庄敬自强”，庄敬是对人，更是律己，要自爱自敬自尊自律。同时，除了庄敬的一面，传统文化讲究的是和谐，是亦庄亦谐，是和光同尘，是知白守黑，适当低调，不要刺目，不要脱离大众，截断地气。自古以来，中华圣贤就主张既不要尾巴主义，也不要先锋主义。老子说“我有三宝，持而保之：一曰慈，二曰俭，三曰不敢为天下先”。这里的“不敢为天下先”，不是不敢发明创造，而是说治国理政的君王权力系统，不要提出过于超前的口号目标，不要脱离百姓人民。至于理论创新、制度创新、科技创新、文化创新，正是我们后人所要强调的，不要忘记老祖宗提倡的“苟日新、又日新、日日新”这一面，更不能忘记“庄”的重要。庄，让我想起毛泽东的名言：“世界上怕就怕‘认真’二字，共产党就最讲认真。”

正是中华文化传统的“既要这样又要那样”的思维模式、一生二、二生三、三生万物的思维玄机，还有《尚书·虞书·大禹谟》的“人心惟危，道心惟微，惟精惟一，允执厥中”十六字心传，十六字玄机，保住了中华，保住了人民共和国，保住了改革开放的成功，保住了发展的奇迹与大局的稳定，而不是像某些社会主义国家一样改革得稀里哗啦。难道我们不应该好好琢磨琢磨吗？

再发挥一下允执厥中的十六字心法。相传这是虞舜向他的继任人夏禹传授的修身养性、治国理政的“万世之法”。舜告诉禹，旦夕祸福，人心难测，归心离心，人心险恶，顷刻巨变，载舟覆舟。而这一切取决于天道天心，道心（天意，也就是我们说的玄机，规律）精微，把握匪易，失之毫厘，差之千里，玄而又玄，全在一心。做君王的，只能公允诚恳，掌握分寸，不偏不倚，老老实实，中正周全，恰到好处。

图书在版编目（CIP）数据

散文精读．王蒙 / 王蒙著． —杭州 ：浙江人民出版社，2019.6

（且读）

ISBN 978-7-213-09274-9

Ⅰ．①散⋯ Ⅱ．①王⋯ Ⅲ．①散文集-中国-当代 Ⅳ．①I266

中国版本图书馆CIP数据核字(2019)第082991号

散文精读·王蒙

王 蒙 著

出版发行：浙江人民出版社（杭州市体育场路347号 邮编 310006）

市场部电话：(0571)85061682 85176516

责任编辑：余慧琴

营销编辑：陈雯怡

责任校对：戴文英

责任印务：陈 峰

封面设计：观止堂_未氓

电脑制版：杭州天一图文制作有限公司

印 刷：浙江印刷集团有限公司

开 本：880毫米×1230毫米 1/32 印 张：6.75

字 数：127千字 插 页：4

版 次：2019年6月第1版 印 次：2019年6月第1次印刷

书 号：ISBN 978-7-213-09274-9

定 价：36.00元